Wilhelm Genazino
Die Kassiererinnen

Die Kleine Reihe

Wilhelm Genazino

# DIE KASSIERERINNEN

ROMAN

BÜCHERGILDE GUTENBERG

Lizenzausgabe für die Büchergilde Gutenberg
Frankfurt am Main und Wien
mit freundlicher Genehmigung des
Rowohlt Verlags, Reinbek

Einbandgestaltung Thomas & Thomas Design, Heidesheim
Herstellung Katrin Kleinschrot, Frankfurt am Main
Satz Dörlemann Satz, Lemförde
Druck R. Oldenbourg Graphische Betriebe, Kirchheim
Bindung Großbuchbinderei Monheim, Monheim
Printed in Germany 1999 · ISBN 3 7632 4860 9

Es ging auf Mittag zu, ich verspürte Hunger. Ich stand am Fenster und betrachtete eine ältere Frau, die ich vom Sehen gut kannte. Sie hatte sich in der Metzgerei Schaad Suppe gekauft, die sie jetzt nach Hause trug. Einmal war ich sogar dabeigewesen, als sie in der Metzgerei ihren Thermo-Behälter über die Theke reichte und ihn sich von der Metzgersfrau füllen ließ. Ein Teller Suppe hätte mir im Prinzip auch genügt. Aber ich genierte mich, mit einer Plastiktüte und einem Thermo-Behälter darin durch die Straßen zu gehen. Ich wollte nicht, daß jemand über mich denkt, schau, da geht ein Mann und trägt einen Teller Suppe nach Hause. Bald wird er sich an seinen Tisch setzen und die Suppe aufessen. Danach wird er den Teller spülen und vielleicht wieder hinter sein Fenster treten. Links, im Unterstand der Straßenbahn, saßen zwei Männer und tranken Bier. Früher war ich gegen Personen, die auf der Straße trinken, gefühlsmäßig stark eingenommen, heute waren sie mir gleichgültig. Ich hatte auch keine Meinung mehr über die TV-Schüsseln an den Hauswänden ringsum. Noch im vorigen Jahr hatte ich gegen sie geschimpft, weil ich nicht verstand, wie man schöne alte Häuser mit derartigen Schüsseln verschandeln konnte. Beziehungsweise ich glaubte, es sei bedeutsam, daß ich die Verschandelung nicht verstand. Heute wußte ich, daß die Verunstaltung von niemandem verstanden werden mußte und daß es auf meine Meinung nicht ankam.

Vor drei Wochen war im Haus gegenüber ein Feuer ausgebrochen. Aus der Wohnung einer Rentnerin schlugen plötzlich kleine Flammen nach draußen. Zum Glück lag die Wohnung der Rentnerin im Erdgeschoß, so daß die Feuerwehr rasch in das Zimmer einsteigen und den Brand löschen konnte. Zurück blieb ein schwarzer Rauchschatten oberhalb des Fensters, der an einem etwas dunkleren Tag wie heute besonders todesnah aussah, das heißt das Unglück aufbewahrend und zeigend und also supermodern. Es war ganz und gar unglaublich, wenn tagsüber die Rentnerin, die den Zimmerbrand sowohl verursacht als auch überlebt hatte, unterhalb des Rauchschattens im offenen Fenster lag und ich nicht aufhören konnte hinüberzuschauen, weil ich nicht glauben mochte, daß das Feuer wirklich und endgültig gelöscht war. Im Augenblick löste der Anblick des Rauchschattens nur die Frage aus, ob ich selbst eines Tages unbemerkt sterben oder ob jemand an meinem Bett sitzen würde. Und ob dieser Jemand, wenn es ihn gab, versuchen würde, mit mir über meinen Tod zu sprechen, und ob ich wegen dieses Versuchs dankbar sein oder ob ich nur aus Höflichkeit antworten werde. Und ob diese Person, falls ich mit ihr spreche, wird erkennen können, daß ich nur aus Todeshöflichkeit spreche, was mir von heute aus gesehen als die einzige Möglichkeit des Sterbens und des Sprechens erschien.

Natürlich konnte ich eine derartig schwierige Frage nicht beantworten, ich stand ja nur am Fenster und versuchte, das Problem des Mittagessens zu lösen. Aber es verstimmte mich, daß ich bis kurz vor meinem Tod in undurchschauten Situationen verfangen sein würde. Die trinkenden Männer im Unterstand der Haltestelle waren verschwunden. Sie hatten drei leere Bierflaschen zurück gelassen, die von Passanten verächtlich angeschaut wurden. Es ereignete sich das vertraute, aber unerkennbar gewordene Leben. Meine Nachbarin, eine ältere, alleinstehende Frau, bügelte wieder. Ich hörte fast jeden Tag, wie sie nebenan den Stecker ihres Bügeleisens in die Steckdose steckte und später wieder herauszog. Auch über diese Regelmäßigkeit war ich früher empört, heute nicht mehr. Ich schlüpfte in meine Jacke und verließ die Wohnung. In einem Imbiß in der Innenstadt würde ich eine Kleinigkeit zu mir nehmen. Am Friedberger Platz kam ich wie fast jeden Tag an dem Supermarkt Prezzoprezzo vorbei. Dicht hinter den breiten Schaufensterscheiben sah ich die Rücken der Kassiererinnen, die ruhig nebeneinander saßen wie vor hundert Jahren die Tippdamen in den Kontoren. Ich war schon öfter im Prezzoprezzo gewesen und wußte, daß die Kassiererinnen an ihren weißen Kutten kleine Schildchen trugen, auf denen nur ihre Vornamen standen. Die Frauen mußten es sich gefallenlassen, von den Geschäftsführern jeden Tag herbeigerufen oder herumgeschickt oder an andere Kassen versetzt zu werden. In früheren Jahren ertrug ich den Anblick der Kassiererinnen nicht, ohne mich einem Gefühl der Weltbitternis hinzugeben. Jetzt kam mir meine neue zärtliche Gleichgültigkeit zu Hilfe und redete mir ein, daß die Kassiererinnen der Fatalität ihres Schicksals vermutlich gewachsen wären.

Ein flach über die Straße fegender Wind trieb mit mir in die Stadt. Ein Inder im Freizeitanzug joggte vorüber. Ein am Boden sitzender Obdachloser umarmte seinen Hund. An einem Brennen rund um die Augen bemerkte ich, daß ich ein wenig müde war. Es freute mich, inmitten von bedeutungslosen Augenblicken zu leben, die rückstandsfrei von mir durcheilt wurden. Eine Viertelstunde später traf ich den Privatdozenten Dr. Wolters. Wir duzten uns, weil wir uns seit ungefähr fünfzehn Jahren kannten, wenngleich wir uns nicht allzuoft sahen. Dahingealtert und ein wenig linkisch kam er auf mich zu und gab mir die Hand.

Ich habe mich gerade schrecklich geirrt, sagte er.

Oh! rief ich aus.

Ich habe eine jüngere Frau angesprochen, sagte er; ich kannte die Frau nicht, aber dennoch hatte ich, als ich sie ansah, ein paar Sekunden lang das Gefühl eines Wiedersehens, ich glaubte, die Frau sehe meiner toten Mutter ähnlich, es war wunderbar.

Phantastisch, sagte ich und bereute das Wort sofort.

Aber dann erzählte mir die Frau, daß sie bei einer Spielshow des Fernsehens den ersten Preis gewonnen habe, sagte Dr. Wolters.

Ihhh, machte ich.

Und dann erinnerte ich mich auch, daß ich die Sendung zufällig gesehen hatte, sagte Dr. Wolters; es war schrecklich, ich habe eine Fernsehspielfrau mit meiner Mutter verwechselt.

Wann ist das passiert, fragte ich.

Vor einer halben Stunde erst, sagte Dr. Wolters.

Und dann?

Ich hatte einen kleinen Schweißausbruch und entschuldigte mich.

Ich gehe in die Stadt und werde dort etwas essen, sagte ich.

Der Privatdozent schloß sich mir an. Die Erzählung seines Erlebnisses machte ihn ein wenig unbeholfen, was mir gut gefiel. Verlegene Menschen waren mir ohnehin am liebsten. Obwohl wir füreinander offen waren, spürten wir beim Sprechen unsere Hemmungen. Ich nahm an, nur aus diesem Grund redete der Privatdozent jetzt über Philosophie.

Wie großartig wir denken können und wie armselig wir leben müssen, sagte er.

Ich fand den Satz gut und suchte in meinem Gedächtnis nach einem Detail, das ihn bestätigte. Aber mir fiel im Augenblick nichts ein.

Niemand darf merken, sagte Dr. Wolters, auf welch niedrigem Niveau ich mich von meiner Zeit abwende.

Nehmen Sie denn nicht mehr an, fragte ich, daß unsere Armseligkeit gar nicht mehr armselig ist, wenn wir sie uns mit zukünftiger Befreiung vorstellen?

Das denke ich immer seltener, sagte der Privatdozent.

Wir drangen in den inneren Stadtkern ein und betraten eines der erstbesten Schnellbuffets. In der stummen Wahllosigkeit, die wir dabei an den Tag legten, erkannten wir den uns gemeinsamen Abstand zur Alltagswelt, die Dr. Wolters gewohnheitsgemäß die empirische Welt oder, wenn er besser gelaunt war, die Lebenswelt nannte. Er bestellte Knödel mit Rotkraut und Roulade, ich entschied mich für einen Hühnerschlegel mit Reis und Champignons. Dr. Wolters sprach jetzt über die Unmöglichkeit der objektiven Hermeneutik und über die ebenso große Unmöglichkeit der psychoanalytischen Literaturanalyse. Er nannte die Namen anderer Privatdozenten und Professoren, die von diesen Unmöglichkeiten nicht so überzeugt waren wie er und die von ihm deswegen verwerfungsgehemmte Textbürokraten genannt wurden. Er lachte über seine Verunglimpfung und beugte sich dann wieder über seine Roulade. Ich hörte zu und hörte doch nicht zu. Ich beobachtete zwei ältere Arbeiter, die in einer mir unbekannten Sprache laut und polternd miteinander redeten und dabei mit den Händen riesige Kalbshaxen zerkleinerten. Da betrat eine leicht heruntergekommene Frau das Buffet. Ich hatte sie hier schon öfter gesehen. Sie wollte hier nichts essen, deswegen stellte sie sich nicht an die Theke. Sie schaute nur nach, ob die Löffel, Messer und Gabeln richtig in ihren Besteckkästen eingeordnet waren. Sie nahm es nicht hin, daß die Bestecke ineinander verhakt waren und zum Teil in den falschen Behältern steckten. Sie brauchte etwa eine Minute, um die Bestecke sauber voneinander zu trennen und neu in die Kästen einzuordnen. Eine weitere Minute später war die Frau wieder verschwunden.

Ich überlegte, ob ich Dr. Wolters auf die beiden Arbeiter und ihr rücksichtsloses Essen aufmerksam machen sollte. Leider konnte ich nicht klären, ob ich ihre Rücksichtslosigkeit bewunderte oder doch eher verabscheute. Da schlug Dr. Wolters vor, wir könnten nach dem Essen eine Tasse Kaffee trinken. Leider empfand ich bereits Überdruß an seinen Universitätserzählungen. Unter dem Vorwand, ich müsse mir eine neue Hose kaufen, gelang es mir nach dem Essen, mich von Dr. Wolters zu verabschieden. Das heißt, beinahe wäre die Trennung mißglückt. Dr. Wolters sagte, es mache ihm nichts aus, dabeizusein, wenn ich eine neue Hose kaufte. Ich lachte knapp und wies auf meine Überempfindlichkeit bei Kleiderkäufen hin, in die sich Dr. Wolters zum Glück sofort einfühlen konnte. Er ließ mich ziehen. Er ging nach links zur Hauptwache, ich verschwand nach rechts in Richtung Römerberg. Von dort wollte ich mit der U-Bahn nach Hause fahren. Zwischen der Kunsthalle, dem Dom und dem Rathaus gab es ein paar tote Winkel mit wenig Publikumsverkehr. Ich stellte mich dicht vor eine halbhohe Mauer und öffnete den Hosenladen. Ich pinkelte nur kurz, und plötzlich hörte ich ein Lachen hinter mir. Ich drehte mich um und sah, daß es von zwei Männern kam. Einer von ihnen hob sich eine Kamera vor das Gesicht. Ich hörte mehrmals das Klicken des Fotoapparats und kurz darauf, ein wenig weiter entfernt, erneut das Lachen der Männer. Ich überlegte, worüber sie lachten. Pinkelnde Männer waren, als Motiv, schon lange nicht mehr originell. Selbstverständlich mußte man an die vielen Knipser denken, die auch tote Bilder immer wieder neu fotografierten. Vielleicht hatten die Männer gar nicht über das Pinkeln gelacht. Gab es an meiner äußeren Erscheinung ein Detail, das andere zum Lachen reizte?

Ein wenig beunruhigt, aber ohne rechte Absicht ging ich wieder in die Innenstadt zurück. Selbstverständlich wollte ich sofort wissen, ob es ein solches Detail gab und welches es war. Aber wie sollte ich das herausfinden? In der Braubachstraße sah ich einen Zeitungsverkäufer, der dicht am Bordstein stand und die Hand nach vorüberfahrenden Autos ausstreckte. Ich hätte gern gewußt, was er dabei empfand, wenn seine Fingerspitzen sekundenlang über vorüberfahrendes Blech glitten. Dann dachte ich doch wieder an das Detail und an die lachenden Männer. Von heute an gab es mindestens zwei Fotos von mir, die ich selbst niemals sehen würde. Vermutlich werden die Fotos umhergezeigt werden, dachte ich, und vermutlich werden auch andere Personen über mich lachen. Und weil ich mich während des Fotografierens einmal umgedreht hatte, wird man sogar, mindestens teilweise, mein Gesicht erkennen können. Ich spürte, daß diese Vorgänge mein Gefühlsleben beeindruckten. Schon war es mir nicht mehr möglich, einfach nach Hause zu gehen, wie ich es gewohnt war. Ich betrachtete mich in Schaufensterscheiben, konnte aber keinerlei Auffälligkeiten entdecken. Mir fiel ein Mann auf, der ein Antiquitätengeschäft verließ und dabei, vermutlich aus Nachlässigkeit, nur den obersten Knopf seines Trenchcoats schloß. Sofort gefiel mir die Vorstellung, daß dem Mann alles, was sich unterhalb des obersten Mantelknopfs ereignete, mehr und mehr gleichgültig wurde und daß er aus dieser Gleichgültigkeit allmählich eine innere Redensart machte: Das liegt ja weit unterhalb meines obersten Mantelknopfs!

Eine solche Einzelheit fehlte mir. Sie hätte mir das Lachen der Fremden erklären können. Aber die Knopflöcher an meiner Jacke waren alle geschlossen, wenn auch, mindestens in zwei Fällen, nur noch mit sehr locker sitzenden Knöpfen. Der Sommer wärmte die Stadt. Da und dort waren Fenster geöffnet, und es war das Tschilpen von Wellensittichen zu hören. Nie wußte ich, ob die Wellensittiche mit dem Tschilpen ihre eigene Peinlichkeit ausdrückten oder die ihrer Besitzer, die vermutlich elementarer war als die der Tiere. Ich kann nicht sagen, warum ich wenig später an Ilona dachte. Ilona war eine von den acht Kassiererinnen im Prezzoprezzo. Es machte mir Freude, die Vornamen von acht nebeneinander sitzenden Frauen zu kennen. Ich wußte nichts von diesen Frauen, dachte aber doch an sie wie an alte Bekannte. Ilona war ungefähr fünfundzwanzig, groß, mager, schnippisch und ein bißchen ungepflegt. Ilona war mir sympathisch, weil sie manchmal zu vergessen schien, daß sie Kassiererin war und jederzeit von jedermann betrachtet werden konnte. Zuweilen hockte sie zusammengesunken in der Preßpappeneinfassung ihres Arbeitsplatzes und untersuchte, den Körper tief nach vorne gebeugt, den Saum ihres Rocks. Und doch fiel ihr sofort auf, wenn sich jemand ihrer Kasse näherte. Dann hob sie freundlich das Gesicht und öffnete sich dem Kunden wie ein Kind. Ich hatte dieses überraschende und grundlose Aufleuchten ihres Gesichts schon öfter gesehen und schätzte es. Zuweilen ging ich nur deswegen in den Supermarkt, um das Glimmen ihres Blicks auf mich zu ziehen. Mir fiel ein, daß ich seit Eddas Tod mit keiner Frau mehr zusammen war. Das war mehr als zwei Jahre her. Je mehr Zeit verging, desto undeutlicher wurde mir, ob ich mich noch einmal auf eine Frau einlassen sollte oder nicht. Ich lebte in einer der sonderbarsten Unklarheiten, die ich je kennengelernt hatte. Ich wußte nur, aus dem frauenlosen Leben dürfte kein Dauerzustand werden, und hatte doch manchmal den Verdacht, daß eben dies schon geschehen war. Zu der Unklarheit gehörte, daß ich nicht lange über sie nachdenken konnte. Versuchte ich es trotzdem, beschlich mich bald eine fundamentale Pein, der ich nur entkommen konnte, indem ich mich plötzlich in eine ganz andere Situation begab.

Eben deswegen betrat ich am Rathenauplatz die kleine Schalterhalle meiner Bank. Seit mehr als einem Jahr waren hier zwei Fernsehgeräte aufgebaut, das heißt, sie hingen einander gegenüber in zwei erhöhten Raumecken. Ich hatte die Apparate bisher kaum beachtet. Aber heute, durch Zufall, erkannte ich mich selber, und zwar auf beiden Bildschirmen gleichzeitig. Ich war von hinten zu sehen, wie ich am Schalter stand und mit dem Mann in der Glaskabine ein paar Worte wechselte. Ich hatte mich nie dafür interessiert, wie ich von hinten aussah. Ich hatte bis jetzt nicht einmal gewußt, daß mir meine eigene Rückenansicht gleichgültig war. Es genügte eine leichte Drehung des Körpers, und schon war mein Gesicht zu erkennen. Ich fand es nie wichtig, wie meine Schultern, mein Kopf oder mein Rücken von der Seite aussahen und ob sich zum Beispiel die Schultern während des Gehens bewegten oder nicht. Sagen wir es so: Ich würde mir selbst nie nachgeschaut haben wollen. Mit dieser nie gepriesenen Freiheit war es jetzt offenbar vorbei. Ich merkte, wie ich die Unterhaltung mit dem Mann am Schalter künstlich dehnte, um mich länger im Bildschirm agieren zu sehen. Ja, als ich das Geld hatte, trat ich nur einen halben Meter zur Seite, so daß mir, zwar nur am Bildschirmrand, aber immer noch gut erkennbar, meine Rückenansicht noch eine Weile erhalten blieb. Ich fragte mich, ob ich im Augenblick ansehnlich war oder nicht, ob gegen irgendein Detail meiner Erscheinung Einwände erhoben werden konnten und welche. Ich betrachtete mein dunkles, verschattetes Schwarzweißbild und konnte nichts finden, was gegen mich sprach.

In diesen Sekunden überraschte mich das Gefühl der Lächerlichkeit. Vermutlich lag es in der Nötigung, meine allgemeine Unbedenklichkeit feststellen zu müssen, und zwar öffentlich. Sofort wollte ich wissen, ob es zwischen dem Lachen der Männer, von denen mich einer fotografiert hatte, und der Lächerlichkeitsempfindung in der Bank eine versteckte oder offene Verbindung gab. Tatsächlich beobachtete ich mich jetzt prüfend in den Scheiben und Spiegeln der Stadt. Nun gut, ich war nicht nach der neuesten Mode gekleidet, aber ich hatte es immer abgelehnt, zu den Männern zu gehören, die man früher Fatzkes und heute Fuzzys nannte. Vermutlich war mir anzusehen, daß ich schon längere Zeit nicht mehr von einer Frau begutachtet worden war. Oder ich dachte zu oft über den Tod nach, was mich vielleicht abwesend und gespenstisch machte. Erst hatte ich mir jahrelang vorgestellt, ich selbst werde, wenn es soweit ist, bewußtlos und schwach sein und der Tod sanft und weich. Dann glaubte ich, ich werde widerspenstig und töricht sein und mein Sterben entsprechend undeutlich und wirr. Dann verhöhnte ich mich, weil ich plötzlich nicht mehr verstand, warum ich über mein Sterben überhaupt so genau Bescheid wissen wollte. Die Gewißheit des Todes ist die Erlaubnis der Differenz, dachte ich plötzlich, und dieser Satz war es, der mich mit meiner eigenen Vernachlässigung wieder aussöhnte. Da kam mir Wischinski entgegen und erlöste mich von meinen Erörterungen. Wischinski kannte ich seit ungefähr zehn Jahren. Er war klein, rundlich, agil und redegewandt. Er litt an Kunstsucht und rechnete fast immer mit irgendwelchen Leuten ab, die auf künstlerischem Gebiet über ihre Verhältnisse lebten, wie er es nannte.

Wie gut, daß ich dich treffe! rief er mir entgegen.

Wir blieben stehen und begrüßten uns.

Seit Tagen denke ich an dich, sagte er, ich will dir ein Angebot machen, das dich interessieren wird. Ich werde demnächst, das heißt im Herbst, ein großes Lokal eröffnen, ein Kulturlokal mit einem ganz besonderen, wie soll ich sagen, Kniff. Und zwar werden in meinem Lokal Kunstkenner auftreten, die meine Gäste über das Neueste in Musik, Theater, Literatur und Film informieren werden, sagte Wischinski. Sie betreten am späten Abend eine kleine Bühne und legen los! Verstehst du das?

Ich nickte.

Verstehst du es wirklich? rief Wischinski. In meinem Kulturlokal steckt nämlich eine neue Idee, die es so noch nie gegeben hat! Zeitung, Radio und Fernsehen sind für Kulturmenschen unzumutbar beziehungsweise unseriös beziehungsweise langweilig geworden! Deswegen werden die Leute in mein Lokal kommen und aus erster Hand erfahren, was in der Stadt los ist. Und du, rief Wischinski, wirst für das Theater zuständig sein! Wie gefällt dir das?

Ausgerechnet ich? fragte ich halblaut zurück. Du weißt doch, daß ich mich nirgendwo mehr blicken lasse, wo es bedeutsam zugeht.

Das wirst du überwinden, sagte Wischinski. Siehst du das Neue daran? Du gehst am Abend ins Theater und kommst hinterher direkt in mein Lokal. Und dort wirst du von meinem Publikum erwartet! Die Leute wollen von dir wissen, ob sie am nächsten Abend selber ins Theater gehen sollen oder ob es genügt, wenn sie ihr Geld bei mir ausgeben. Auf diese Weise gibt mein Lokal den Leuten das Gefühl, das sie am meisten brauchen, die Überzeugung, daß ihre Verachtung der Kultur gegenüber angebracht und berechtigt ist. Vor dir sind Musikkenner oder Filmkritiker dran, je nachdem. Natürlich muß alles bunt und frech und unverschämt sein, das ist klar. Jeder Kunstredner darf höchstens fünf Minuten lang sprechen. Diese fünf Minuten müssen es aber in sich haben! Mein Lokal wird das zentrale Kulturerlebnis der Stadt! Sag, daß du mitmachst! Ich nehme an, du mußt nicht lange überlegen! Und du wirst berühmt, vergiß das nicht! Man wird in mein Lokal kommen, um dich zu hören!

Du täuschst dich, sagte ich, dein Lokal wird vermutlich niemand besuchen.

Das ist mir zu traurig, sagte Wischinski.

Das mag sein, sagte ich; du gehörst eben zu den vielen Leuten, die nicht begreifen wollen, daß der rasende Betrieb nur noch Melancholie hervorbringen kann.

Das ist ja noch trauriger, rief Wischinski.

Na und? sagte ich, mir ist eine durchschaute Melancholie hundertmal lieber als eine dumm gewordene Wiederholung.

Ich sah, daß ihn der Satz beunruhigte. Sein Rededrang war abgebremst, sein Blick plötzlich demütig. Ich beobachtete den Besitzer einer Imbißbude, der zurückgelassene Pommes frites an seinen Hund verfütterte. Er warf die krustigen Kartoffelstäbchen einzeln vor die Schnauze des Tieres und freute sich an dessen Gier. Ich überlegte, ob durch diese Verschiebung Pommes frites zur Hundenahrung würden und ob der Budenbesitzer Gefahr liefe, seine Kunden mehr und mehr zu verlieren. Ich überlegte, ob ich meinen Satz erläutern müßte.

Ist das dein letztes Wort? fragte Wischinski.

Ich werde noch einmal in mich gehen, sagte ich, dir zuliebe.

Wischinski lachte und streckte mir die Hand entgegen.

Du gibst mir Bescheid? sagte er.

So schnell ich kann, sagte ich.

Wischinski drehte sich um und verschwand in Richtung Oper. Ich verzichtete auf die U-Bahn und machte mich zu Fuß auf den Heimweg.

Es bedeutete nichts, von Wischinski umworben zu werden, und es bedeutete nichts, ihn auf Schwächen seiner Ideen aufmerksam zu machen. Wischinski war ein Faktotum der Stadt, das doppelt soviel Begeisterung wie Talent hatte, von diesem Verhältnis aber nichts ahnte oder es immerzu verwechselte. Ich wunderte mich, daß er sich ausgerechnet an mich wandte. Ich hatte von mir das Bild eines zurückhaltenden, an der Grenze zur Scheu lebenden Einzelgängers, der zu anderen Personen kaum mehr als Bedenken äußerte. Ich lief den Oederweg hoch und bog nach rechts in den Mittelweg ein, weil ich die Katze im Schaufenster des Friseursalons Waltraud anschauen wollte. Ich sollte fortgehen, dachte ich, ich sollte fortgehen. Ich hatte zuviel Umgang mit Personen, die mir seit mindestens zehn oder fünfzehn Jahren bekannt oder gar vertraut waren. Vor einiger Zeit hatte ich einmal versucht, mich mit einem Termin unter Druck zu setzen: Mit vierzig bist du weg! Es wurde nichts draus. Ich wurde einundvierzig und hatte den Termin längst vergessen.

Die Katze war wieder da! Das Schaufenster des Friseursalons Waltraud war schmal. Die Katze lag der Länge nach hingestreckt zwischen Spraydosen, Reklameschildern und Parfümfläschchen. Mit den Hinterpfoten berührte sie die Wand links, mit den Vorderpfoten die Wand rechts. Am schönsten war, wenn sich durch das regelmäßige Atmen das Fell leicht hob und wieder absenkte. Ich wunderte mich, daß nicht mehr Leute vor dem Schaufenster standen und sich das Schauspiel des Atmens betrachteten, und zugleich war ich froh darüber. Denn ich hatte schon festgestellt, daß ich leider ein wenig eifersüchtig wurde, wenn ich bestimmte Anblicke mit anderen teilen mußte. Aber im Fall des Friseursalons hatte ich Glück. Die Leute beachteten Schaufenster derartig kleiner Geschäfte einfach nicht mehr. Ich wartete darauf, daß die Katze die Augen öffnete, was sie manchmal tat, wenn ich sie länger betrachtete. Aber heute blieben ihre Augen geschlossen. Mindestens eine Minute lang fühlte ich die absolute Reglosigkeit des Lebens. Und wußte doch, daß es diese Reglosigkeit nicht gab. Ich hätte jetzt klären müssen, warum ich sie trotzdem fühlte, aber in diesen Augenblicken fiel mir mein Pinkel-und-Foto-Erlebnis ein, jetzt allerdings in einer schon gedeuteten Fassung. Die beiden Männer, überlegte ich, haben mir durch ihr öffentliches Lachen zu verstehen gegeben, daß ich auf die Stadt, in der ich zu lange lebte, keinen großen Wert mehr legte. Durch das Gefühl der Ortlosigkeit kam ich mir vor wie ein Dahergelaufener, der jederzeit wieder auslachbar war. Es verstimmte mich, daß es zwischen meiner Lächerlichkeit, wenn es sie gab, und meinem Leben in der Stadt eine Beziehung gab, die ich weder richtig aufklären noch wirklich abbremsen konnte. Auf der anderen Seite des Mittelweges kam mir Wanda entgegen. Wanda ging im Viertel umher wie ich, seit Jahren, ich konnte mich nicht mehr erinnern, bei welcher Gelegenheit ich sie kennengelernt hatte. Sie arbeitete halbtags in einem Büro und absolvierte daneben eine schwierige, lang andauernde Tanzausbildung; sie paßte zu ihr, denn auch Wanda war schwierig und hegte diverse Sonderwünsche, die ihr das Leben erschwerten. Ich überlegte, ob ich ihr ausweichen sollte, drei Sekunden später war es dafür schon zu spät. Auch sie hatte mich erkannt und winkte mir sogar zu. An ihrer linken Hand baumelte eine prallgefüllte Plastiktüte.

Na du, sagte ich nur.

Ach, rief sie. Ich jobbe jeden Tag, damit ich die Tanzerei bezahlen kann, und hinterher schleppe ich genau dasselbe Zeug in meine Wohnung, das alle in ihre Wohnung schleppen.

Wanda redete wie immer leise und gedehnt und ein wenig singend. Den Zusammenhang zwischen Tanzen und Einkaufen verstand ich nicht und schwieg.

Und dann ärgere ich mich auch noch über Dinge, über die sich alle ärgern, sagte sie.

Worüber zum Beispiel?

Über Autobesitzer wie diesen hier, sagte sie, die ihr Ding schräg auf dem Bürgersteig parken, so daß ich kaum dran vorbeikomme.

Tja, machte ich.

Und dann ärgere ich mich über meine Erschöpfung am Abend, dieses dauernde Müllgefühl im Kopf, manchmal könnte ich das Fenster öffnen und hinausspringen, diese Müdigkeit! Ich hatte immer angenommen, man wird nur einmal im Leben todmüde, aber jetzt bin ich es beinahe jeden Abend.

Jetzt gefielen mir ihre Sätze. Ich sah Wanda an und hoffte, noch mehr von ihr zu hören. Statt dessen fragte sie: Kannst du mir nicht helfen?

Ich? Wie? Wobei?

So genau weiß ich das auch nicht, sagte sie.

Wir lachten.

Ich werde heute abend ins Cockpit gehen, sagte ich. Wenn du willst, kannst du mitkommen. Mehr habe ich im Augenblick nicht zu bieten.

Das ist doch schon was, sagte sie. Du klingelst bei mir?

So gegen neun, sagte ich.

Später, in der Wohnung, sammelte ich die schmutzige Wäsche zusammen, die ich am Abend in die Wäscherei bringen wollte. Gegen meinen Willen überlegte ich, wie ich mich verhalten sollte, wenn Wischinski tatsächlich ein

Kulturlokal eröffnete. Ich war der Kunst seit Jahren entfremdet und lebte entsprechend kunstabgewandt, aber das wußte von meinen Bekannten kaum jemand, weil ich nicht darüber redete. Früher, in hochgestimmten Jahren, hatte ich mir vorgestellt beziehungsweise gewünscht, daß die Gesamtheit aller Leistungen der Kunst auf eine erneuernde Weise auf die Gesellschaft einwirke. Der Wunsch war so stark gewesen, daß ich mir kaum Gedanken darüber gemacht hatte, wie diese wundervoll gedachte Einwirkung im einzelnen aussehen sollte. Sonst hätte ich gewiß viel früher bemerkt, daß es ein solches Bezogensein der Kunst auf die Gesellschaft nicht gab und daß die Kunst, wenn überhaupt, immer nur ihre eigene Erneuerung im Auge hatte. Mit dieser autistischen Einsamkeitskunst hatte ich nie etwas zu tun haben wollen. Erst spät entdeckte ich, daß die Kunst, indem sie sich nur mit sich selbst beschäftigte, sehr stark dem inneren Tätigsein des Menschen ähnelte und damit doch auf seine allmähliche Selbsterneuerung zielte. Nach dieser Enthüllung begann ich erneut, mich mit Kunst zu beschäftigen, wenn auch häufig mit der Fassungslosigkeit von jemand, der sich über die Unheimlichkeit eines Kompagnons nie ganz beruhigen konnte. So war aus der einstigen Desillusionierung doch noch ein merkwürdiges Glück geworden, über das ich freilich nicht oder kaum redete, weil ich es zuwenig durchschaute.

Der Wäschesack war voll, ich schaltete das Radio ein. Eine schöne Frauenstimme sang ein Lied, das ich nie zuvor gehört hatte. Ich setzte mich an den Tisch, schrieb mit der Hand den Wäschezettel und hörte der Sängerin zu. Nach einiger Zeit wollte ich dorthin, wo die Stimme herkam. Aber wo war das Zuhause der Stimme, wo war die Heimat ihres Tons? Es war, als sei ich plötzlich zurückversetzt in eine Zeit vor aller Enttäuschung und vor aller Beglückung, als sei ich nach irgendwo heimgeholt worden, wo ich mich ohne Bedrängnis mit mir selber darüber beraten durfte, was im Leben zu tun sei. Nein, es war noch befreiender: Dort, wo die Stimme herkam, mußte ich nicht denken und keine Pläne haben, es genügte, einem Klang zu lauschen und ihn für die Lösung aller Fragen zu halten. Nach drei Minuten war leider alles vorbei. Das Lied war zu Ende, der Wäschezettel war geschrieben, ich schaltete das Radio ab. Tatsächlich konnte ich mich nicht entscheiden, ob ich ja oder nein sagen würde, wenn Wischinskis Projekt seriös war.

Wanda trug ein luftiges Sommerkleid, für das es vermutlich noch zu kühl war, jedenfalls am Abend. Das Kleid hatte kurze Ärmel, so daß ich Wandas Arme sehen konnte. Um ihren Hals hatte sie sich ein schwarzes Samtbändchen gelegt, das nur fingerbreit war und dicht auf der Haut auflag. Vorne, dicht oberhalb des Kehlkopfs, schimmerte eine weiße Perle auf dem Samtband. Wenn Wanda schluckte, bewegte sich die Perle auf und ab wie eine kleine Boje. Bis zum Cockpit war es nicht weit. Vor ein paar Jahren war das Lokal einmal ultramodern gewesen. Heute war es ein wenig zurückgeblieben beziehungsweise heruntergekommen, wurde aber geschätzt von vielen Leuten, die seit kurzem auf ihre Jugend zurückblickten und sich auch dabei noch jugendlich vorkommen wollten. Als wir eintraten, war es schon so gut wie voll. An den Tischen debattierten

Lehrerinnen, Anwälte, Lokalpolitiker, Schauspieler, Journalisten, Dozenten, Gesellschaftskritiker, von denen ich viele kannte. Andrea, die hinten links an einem Tisch mit zwei Musikerinnen saß, hatte als Studentin vom Wien der Jahrhundertwende geschwärmt. Damals wollte sie eine zweite Lou Andreas-Salomé werden oder wenigstens so ähnlich wie Alma Mahler-Werfel, eine Freundin bedeutender Männer. Die bedeutenden Männer tauchten nicht auf, und aus Andrea wurde eine Systemanalytikerin mit vermutlich zuwenig Lebensfreude. Rechts, an der Seitenwand, saß Ossenheimer. Er war Lehrer und wohnte heute in einem Weindorf im Ried. Einmal im Monat fuhr er mit der S-Bahn in die Stadt und traf sich mit zwei oder drei älteren Kommunisten. Ossenheimer hielt Lokale wie das Cockpit für Zentren geheimer Unruhe, für Brutstätten eines neuen Lumpenproletariats, mit dessen Heraufkunft laut Ossenheimer jederzeit zu rechnen war. Wir nahmen Platz an einem Schauspieler-Tisch links neben der Bar. Wanda bestellte eine Tasse Schokolade, ich ein Glas Wein. Es war leicht zu merken, daß Wanda nur hier war, weil sie nicht allein in ihrem Zimmer sitzen wollte. Obgleich grobe Dunstwolken durch das Lokal zogen, erschienen die Menschen gläsern und filigran. Das Lebensgebrumm an den Tischen gefiel mir. Wanda war ganz innerlich. Sie umfaßte ihre Tasse mit beiden Händen und erzählte mit leiser Stimme von ihrem todkranken Vater.

Am Ecktisch neben der Tür erkannte ich Wischinski. Er redete auf Reddemann ein. Eigentlich Dr. Reddemann. Vor neun Jahren wollte er über Hegel promovieren. Das Selbstverständnis des Subjekts in Hegels Phänomenologie. So sollte die Dissertation heißen. Er hatte es fast allen erzählt, den meisten öfter. Auf einmal wußte er nicht mehr weiter, er verlor die Lust oder er hatte Claudia kennengelernt, so genau wußte das niemand. Dann fand er eine Stelle als Disponent bei der Rolladenfabrik Kipfler, bei der er noch heute arbeitete. Was Wischinski von ihm wollte, konnte ich im Lärm der Stimmen nicht verstehen, obgleich Wischinski laut redete. Er nannte ein Haus in der Leibnizstraße 27, wo das Kulturlokal entstehen würde. Reddemann schwieg, hörte zu und überlegte. Ich bestellte ein zweites Glas Wein. Wanda fragte, ob sie sich an das Bett ihres bewußtlosen Vaters setzen sollte oder nicht.

Du mußt es probieren, sagte ich.

Was heißt das, fragte sie.

Du setzt dich neben das Bett und fragst dich, ob du dem Sterben gewachsen bist, sagte ich.

Was gibt es dabei auszuhalten?

Sterbende stöhnen, schnarchen und röcheln und schlukken laut, sagte ich; es hört sich lebendig an, aber man muß sich darüber klar sein, daß es die letzten Meldungen sind.

Würdest du mitgehen? fragte Wanda.

Zu deinem Vater?

Ja, sagte Wanda.

Muß ich mir überlegen, sagte ich.

Auf einmal hörte ich, daß Wischinski meinen Namen nannte. Er behauptete, daß er mich als Kunstredner schon angeworben hatte. Eine der Schauspielerinnen an unserem Tisch versuchte, mit den Zähnen ein Tablettenröhrchen zu öffnen. Ich sah ihr zu und überlegte, ob ich Wischinski zurechtweisen sollte oder nicht. Wahrscheinlich wird es besser sein, dachte ich, Wischinski einfach schwätzen zu lassen und nach Hause zu gehen. Längs der Theke lag ein großer Hund. Fast jedesmal, wenn der Barmann die Orangenpresse einschaltete, hob das Tier kurz den Kopf. Es gelang der Schauspielerin, das Tablettenröhrchen zu öffnen. Eine Tablette sprang ihr aus der Hand und rollte ungefähr in die Mitte des Lokals, wo sie umkippte und liegen blieb. Reddemann durchquerte den Raum und trat dabei auf die Tablette. Ein weißlicher Fleck blieb von ihr übrig. Der Hund erhob sich, machte ein paar Schritte in die Mitte des Lokals und leckte die pulverisierte Tablette auf. Ich wartete darauf, daß er sich schüttelte, aber er ging nur zurück zur Theke und legte sich wieder nieder. Ich empfand wenig Bedürfnis, Wischinski aufzufordern, mit meinem Namen sparsamer umzugehen. Ich hatte aber auch wenig Lust, länger mit ihm in einem Raum zu sein.

Sollen wir gehen? fragte ich Wanda.

Ja, sagte sie.

Die Nacht war glänzend und weich. Wir nahmen einen Umweg durch die Humboldt- und die Zähringerstraße. An deren Ende stießen wir in die stille Dorotheenstraße, und hier befand sich das Geschäft von Ludwig Baalke. Er war einer der letzten Kohlenhändler der Stadt. Im Vorgarten seines Anwesens stand ein kleiner Schaukasten, in dem tatsächlich nichts weiter ausgestellt war als acht oder neun Briketts, die sich pyramidenförmig in der Mitte des Schaukastens erhoben. Ich fand diese Kargheit grotesk und lächerlich, aber auch radikal und kühn. Einmal hatte ich versucht, Edda auf die Außerordentlichkeit der Briketts aufmerksam zu machen, aber sie hatte keinerlei Verständnis für diese total anti-extraordinäre Schaustellung. Wunderbar! Nachts waren sie sogar angeleuchtet. Es war von weitem ein kleiner heller Kasten zu sehen, man fühlte sich angelockt und neugierig, und dann gab es nichts zu sehen als ein paar Briketts. Vermutlich wußte der Kohlenhändler nicht, wie frech es war, in der heutigen Zeit nichts als Briketts auszustellen.

Ich finde die Briketts frappierend und unverschämt, sagte ich.

Sie sind aber auch kindlich und unverletzbar, sagte Wanda.

Wir blieben vor dem Schaukasten stehen und betrachteten die Kohlen aus der Nähe.

Glaubst du, der Kohlenhändler weiß, daß ihm ein kleines intentionsloses Kunstwerk gelungen ist? fragte ich.

Ich glaube, der Kohlenhändler weiß ganz genau, was er tut, sagte Wanda; sonst würde er die Briketts nachts nicht anstrahlen lassen.

Das tut er nur aus Gewohnheit, sagte ich.

Das glaube ich nicht, sagte Wanda. Ich stelle mir einen gewieften Mann vor, der Kunst sammelt und genau weiß, wie aufreizend bedeutsam das Banale geworden ist.

Für diese Annahme ist das Ganze doch viel zu absichtslos, sagte ich.

Worin siehst du das Absichtslose? fragte Wanda.

Zum Beispiel in den toten Fliegen, die um die Briketts herumliegen, sagte ich; jemand, der wirklich Kunstanspruch hat, könnte sich mit den toten Fliegen nicht abfinden.

Wir setzten uns auf der gegenüberliegenden Straßenseite auf ein niedriges Gartenmäuerchen. Tatsächlich sah der strahlend helle Kasten jetzt wie ein kalkuliertes Kunstwerk aus. Nicht weit entfernt von Ludwig Baalkes Kohlenhandlung gab es einen Kiosk. Dort kaufte ich eine Flasche

Wein, ließ sie mir von dem Kioskbesitzer öffnen und setzte mich neben Wanda auf das Gartenmäuerchen.

Die toten Fliegen sind kein Argument gegen die Kunstabsicht, sagte Wanda; im Gegenteil, sie kaschieren sie nur.

Willst du damit sagen, fragte ich, der Kohlenhändler hat die toten Fliegen später neben die Briketts gelegt?

Nein, sagte Wanda; ich stelle es mir so vor: Der Baalke sah eines Tages, daß neben seiner Brikettpyramide ein paar tote Fliegen lagen. Aber er entfernte sie nicht, weil er wußte, daß sie authentisch wirken und das Kunstwerk in ein schönes Zwielicht versetzen. Der Kohlenhändler wollte, daß wir genau das denken, was wir jetzt tatsächlich denken, das heißt, daß wir nicht wissen, ob der Kohlenkasten nur naiv ist oder höchst bedeutsam. Das Kunstwerk hält genau die Mitte zwischen Absicht und Absichtslosigkeit, und nur in dieser Mitte ist Kunst noch möglich, sagte Wanda.

Für wen ist dieses Kunstwerk da? fragte ich.

Für niemand, für dich und mich, sagte Wanda und lachte.

Ich nahm einen größeren Schluck und gab Wanda die Flasche.

Jetzt hab ich heute nacht doch noch etwas gesehen, womit ich nicht gerechnet hatte, sagte sie.

Wir blieben noch etwa eine halbe Stunde auf dem Gartenmäuerchen sitzen und tranken die Flasche leer. Wir sahen weiter zu dem Kohlenkasten hinüber, redeten aber nicht mehr über ihn. Dann fragte Wanda: Kannst du mir noch andere Kunstwerke zeigen?

Ja, sagte ich, aber dazu müßtest du mal mit mir in die Stadt gehen.

Zwei Tage später konnte ich meine Neugier nicht länger zurückhalten. Ich machte mich auf den Weg in die Leibnizstraße 27, wo angeblich Wischinskis Kulturlokal entstand. Die Leibnizstraße war keine allzu belebte, aber auch keine tote Einkaufsstraße am Rand der inneren Stadt. Es gab hier Textilgeschäfte, Obst-und-Gemüse-Läden, Kneipen, Bäckereien, außerdem Blumenläden, kleine Bankfilialen und alternative Sportgeschäfte. Wenn es das Kulturlokal je geben sollte, dann war die Leibnizstraße dafür eine brauchbare Adresse. Hier lebten überwiegend Angestellte, Studenten und junge Familien, die willig genug waren, die Legende der Kunst ernst zu nehmen. Viele von ihnen sehnten sich fast täglich nach einem ganz anderen Leben. Aus diesem Grund waren sie empfänglich für harte Urteile über ihre eigene zurückbleibende Gegenwart. Die meisten waren überzeugt, in einer drittklassigen Welt aus Müll, Plastik und Lügen zu existieren, die von entschlossenen Künstlern hinweggefegt werden mußte. Und sie werden entzückt sein, dachte ich, daß es Wischinskis Kulturlokal gibt, denn das Lokal wird der ihnen erreichbare Agent des notwendigen Verschwindens sein, dessen Verlautbarungen sie nicht versäumen dürfen. Zum ersten Mal war ich bereit, Wischinskis Idee einen gewissen Erfolg einzuräumen.

Tatsächlich traf ich am Haus Leibnizstraße 27 auf eine kleine Baustelle. In der Mitte des Hauses befand sich ein zweitüriger Eingang, der in einen breiten und tiefen Raum führte. Ich ging nahe an die Fenster heran und sah ins Innere des Erdgeschosses. Es war leer, auf dem Boden lagen alte Zeitungen, ein Schirm, ein paar schmutzige Lappen, ein Schuh, ein umgestürzter Stuhl. Die Doppeltür war weit geöffnet. Auf den Stufen zum Eingang lagen schwere

Holzdielen, die in den Raum hinaufführten. Zwei Arbeiter trugen Mörtel, Dreck, Tapetenreste, alte Elektroteile und ein kleines Waschbecken heraus, außerdem eine Ladentheke, die längs der hinteren Querwand stand. Andere Arbeiter entfernten Türrahmen, Bodenschwellen, Leitungshalterungen und alte Heizkörper. Offenbar wurde der Raum totalerneuert. An der Stelle, wo sich die Ladentheke befand, wird sich bald eine mächtige Bar entlangziehen, vermutete ich. Schmale, weiß gekleidete Kellner werden dahinter stehen und leicht durchschaubaren Personen Getränke servieren. Die Arbeiter beobachteten mich nicht. Einmal erschien ein Bauleiter, schritt durch den Raum und gab ein paar Anweisungen. Eine Passantin betrat den Laden und fragte, welche Art Geschäft hier entstand, die Arbeiter wußten es nicht.

Genau das wollte ich auch gern wissen. Wenn mir Wischinski in dieser Situation über den Weg gelaufen wäre, hätte ich vielleicht zugesagt. Schräg gegenüber gab es ein Bistro. Von einem Fensterplatz aus wollte ich den Bauarbeiten noch eine Weile zuschauen und in der Stimmung, in der ich mich befand, halb vage und halb willig, mit Wischinskis Eintreffen rechnen. Das Bistro war ein großer, mondän hergerichteter Raum, der von mächtigen Lichteffekten durchzuckt wurde. Links gab es eine Bar, an der luftig bekleidete Mädchen lehnten und blaue Getränke zu sich nahmen. Im Vordergrund, in der Nähe der Fenster, standen ein paar gußeiserne Tische und ebensolche Stühle. Auch die Sitzflächen der Stühle waren aus unverchromtem Eisen. Ich ging zur Bar und kletterte einen Barhocker hinauf. Er war zu hoch, zu steil, zu schmal, zu glatt und vielleicht auch nur zu kalt, denn er war ebenfalls aus Eisen. Dabei hatte ich, als ich in das Lokal eintrat, sofort eine richtige Eingebung gehabt: Die Barhocker läßt du in Ruhe. Jetzt saß ich schon auf einem drauf und bemerkte, daß ich beim Eintreten meine Zeitung auf einem der Stahltische abgelegt hatte. Ein paarmal dachte ich denselben Satz: Noch einmal kletterst du hier nicht hinauf. Ein etwa vierzigjähriger Mann betrat mit einem ausgefalteten Brief in der Hand die Bar. Er kam in meine Nähe, bestellte ein Bier, legte den Brief, einen Schlüsselbund und eine Schachtel Zigaretten dicht neben mir auf der Theke ab und verschwand in der Toilette. Es war ganz leicht, den neben mir liegenden Brief zu lesen. Eine Maschinenfabrik in Esslingen teilte einem Herrn Dieter Schimmelpfennig mit, daß er die Stelle als Entwicklungsingenieur nicht bekommen werde. Ich sah aus dem Fenster, von Wischinski keine Spur. Wenig später verließ Herr Schimmelpfennig die Toilette und sah vermutlich meinem Gesicht an, daß ich seinen Brief gelesen hatte. Ein feines Grauen stieg zwischen uns hoch. Auf keinen Fall wollte ich den Kellner bitten, mir meine Zeitung zu bringen. Lächerlich *und* hilflos durfte ich nicht erscheinen. Zum Glück kümmerte sich niemand um mich. Der Barkeeper bemerkte nicht einmal, daß auch ich Durst hatte, so sehr war er mit den jungen Mädchen beschäftigt. Ich wartete zwei oder drei Minuten, dann ließ ich mich seitlich vom Barhocker herunterrutschen. Es sah vermutlich ein wenig ungeschickt aus, aber es ging. Ich nahm meine Zeitung und verschwand. Offenbar niemand, dachte ich, hat bemerkt, daß ich ungefähr drei Minuten lang lächerlich gewesen war.

In einer Bäckerei kaufte ich mir ein belegtes Brötchen. Nie hatte ich während des Herumgehens essen wollen, jetzt war es soweit. Sofort spürte ich die Blicke der Leute und sogar ihre Gedanken. Natürlich, in meinem Alter geht man nicht mehr kauend durch die Straßen. Da hatte ich eine Idee: Lächerlichkeit entsteht, wenn jemand ohne erkennbare Not eine Form aufgibt (auf der Straße essen) und im Habitus eingesteht (Verlegenheit beim Kauen), daß er dem Formverlust nachtrauert; und außerdem durch sichtbares Erschauern einräumt, daß er nicht weiß, womit die eben entstandene Lücke künftig ausgefüllt werden soll. Es überraschte mich, daß mir solche Gedanken kurz nach einem Lächerlichkeitsvorfall möglich waren. Sollte mir ein belegtes Brötchen beim Denken geholfen haben? Ich ließ Wischinskis Kulturlokal hinter mir und ging in Richtung Mainufer. Die Mauern und Hauswände links und rechts waren voller Graffiti und obszöner Zeichnungen. Ich beobachtete einen etwa fünfzehnjährigen Jungen, der in großer Eile das Wort VOTZE an eine Garagentür sprayte. Danach verstaute er die Spraydose und betrachtete aus einiger Entfernung das Wort. Ich erinnerte mich, daß ich als Schüler das Wort ebenfalls eine Weile geschätzt hatte. Ich wußte damals nicht, ob es mit F oder mit V geschrieben wurde. Das Wort war in keinem Lexikon zu finden, und es war auch nicht möglich, jemanden nach der richtigen Schreibweise zu fragen. So schrieb ich es einmal mit F und einmal mit V, und zwar mit Kreide und immer so klein, daß es auf einem Backstein Platz hatte. Das hatte den Vorteil, daß es vom Regen immer wieder weggewischt wurde und ich es immer wieder neu schreiben konnte, ohne je das Wohnviertel wechseln zu müssen.

Am Flußufer hoffte ich, eine Weile unbeobachtet zu sein. Ich setzte mich ins Gras und schaute kauend auf den langsam vorüberziehenden Fluß. Zwei Männer, die mich nicht beachteten, kamen den Weg entlang und ließen sich nicht weit von mir nieder. Sie redeten erregt in einer Sprache, die ich nicht verstand. Sie packten Brathähnchen aus und begannen zu essen. Die Knöchelchen warfen sie in die Umgebung. Es gefiel mir, daß die Erregung der Männer durch das Essen nachließ. Nach einer Weile glich ihr Reden dem ruhigen Dahinfließen des Wassers. Schon kamen Hunde und Tauben herbei und machten sich über die Knöchelchen her. Die Tiere näherten sich auch mir und schauten auf mein Brötchen. Ich hatte mich beim Essen noch nie gerne von Tieren betrachten lassen. Trotzdem blieb ich im Gras sitzen und versuchte, über Wischinskis Kulturlokal und meine mögliche Rolle darin nachzudenken. Da kamen von rechts drei ältere Freizeitsportler heran. Sie warfen sich während des Laufens einen kleinen Lederball zu und versuchten dabei zu lachen. Das Keuchen war nicht einmal das Auffälligste an ihnen. Noch beklemmender waren ihre schlotternden Gesichter, ihre mageren Schenkel und ihre trotz des Lachens gottverlassenen Blicke. Die Hunde und Tauben schauten die Rentner nicht an, was mich plötzlich für die Tiere einnahm. Die Läufer setzten sich auf eine Bank und atmeten, die Arme auf die Oberschenkel abgestützt, heftig gegen den Boden. Einer der Männer schaltete ein winziges Radio an und legte es neben sich auf die Bank. Längst schauten die Tiere wieder auf mein Brötchen und auf meinen kauenden Mund. Ich konnte ihre Blicke nicht länger ertragen und verließ das Ufer.

Die Straßenbahn fuhr heran, ich stieg ein und fragte mich, ob ich in Zukunft öfter im Freien essen würde. Eine

Haltestelle später erkannte ich unter den Fahrgästen drei Kontrolleure. Einer von ihnen hatte vor ungefähr sieben Jahren – so lange kannte ich ihn schon! – mit nicht ganz sauberen Mitteln versucht, mich als Mitglied eines Buchclubs anzuwerben. Jetzt war er Kontrolleur! Auf der Jacke seines Kollegen stand das Wort CALIFORNIA, darunter war eine Palme abgebildet. Die drei Männer verharrten auf der Plattform und warteten, bis die Bahn wieder anfuhr. Ich hielt ihnen schon jetzt meinen Fahrschein entgegen, um ihnen zu zeigen, daß man auch Leute wie sie kennen konnte. Aber die Männer hatten kein Empfinden für diese Art von Ironie. Kaum war die Bahn wieder in Bewegung, stießen die Kontrolleure gemeinschaftlich das Wort Fahrscheinkontrolle aus. Auf der Jacke des dritten Kontrolleurs waren die Worte PUSSYCAT aufgenäht. Daneben war eine Katze mit Kußmund abgebildet. Was habe ich eigentlich getan, dachte ich, daß solche Leute mich kontrollieren dürfen? Wo leben wir? Was ist überhaupt los? Der dritte Kontrolleur, ein Mittfünfziger mit rauchgrauem Gesicht, beugte sich über meinen Fahrschein. Momentweise spürte ich die Lockung, den Mann der Verbreitung stiller Schrecken zu bezichtigen, aber ich konnte mich beherrschen. Außerdem fand ich plötzlich Gefallen an den übertriebenen Verbeugungen, die er vor den Fahrgästen machte. Es sah aus, als gelten sie nicht den Fahrscheinen und nicht den Fahrgästen, sondern seinem eigenen Leben. Es war, als wollte er sich vor sich selbst dafür entschuldigen, daß er sich jetzt als Kontrolleur durchschlug, jeden Tag.

In der Sitzreihe gegenüber sah ich eine ältere Frau, die ich läppisch fand, weil sie aus einem gräßlich bunten Pappbecher trank. Ihr wünschte ich die Begegnung mit den

Kontrolleuren, weil ich hoffte, durch die Kontrolle würde sie einen Teil ihrer Würde zurückgewinnen. Der Pappbecher war ein rundum abgeschlossenes Gefäß, aus dessen Deckel ein Trinkröhrchen herausragte, an dem die Frau auch noch übermäßig heftig saugte. Aber durch die Kontrolle gewann sie nicht einen Millimeter ihrer Würde zurück, im Gegenteil. Sie nahm nicht einmal das Röhrchen aus dem Mund, als sie einem der Kontrolleure ihren Fahrschein entgegenstreckte. Mit glupschigen Augen sah sie den Kontrolleur an und sog dabei die Wangen ein. Eine Haltestelle weiter hatte sie zuwenig Kraft, um mit dem Daumen die automatische Türöffnung zu betätigen. Ein Kind sprang von seinem Platz und half ihr beim Drücken. Erst jetzt fühlte ich Nachsicht mit der Frau und ärgerte mich über meine überflüssigen Gefühle. Gleich war ich zu Hause. In der Luisenstraße sah ich Wischinski. Auch er sah mich in der Bahn und winkte mir zu, was mir eine Spur peinlich war. Ich war froh, daß ich in einer Straßenbahn saß und er nicht.

In der Wohnung fiel mir das Erlebnis mit dem Barhokker wieder ein. Am ärgerlichsten war die Unklarheit darüber, ob meine Lächerlichkeit, sofern es sie gab, nach außen gedrungen und also für andere sichtbar geworden oder ob sie nichts als ein subjektives Gefühl war. Ich glaubte, es war mir bis jetzt gelungen, als weitgehend diskreter Mensch durch das Leben zu kommen. Aber auf einmal war ich durch eine aufdringliche Befindlichkeit zu sehr mit den anderen Menschen verbunden und empfand ihren Urteilseifer und ihre heimliche Lust auf Verachtung und Hohn. Wenn es die Lächerlichkeit gab, mußte ich von ihr eine Entwicklung erwarten, die mir am

Ende gefährlich werden konnte. Zum Beispiel könnte sie sich mit meiner Scheu verbinden und mich in eine immer stärker werdende Isolation hineintreiben. In ihrem Kern wirkte so etwas wie eine Selbstverfemung, die mich dazu verleitete, Lächerlichkeit schon vor ihrem Eintritt zu empfinden oder sie gar, ohne äußere Anlässe, nur für mich selbst hervorzubringen. In dieser Situation dachte ich plötzlich an die Kassiererin Susanne, was mich in eine dankbare Stimmung versetzte. Susanne war etwa fünfundzwanzig Jahre alt und hatte ein puppiges, fast süßliches Gesicht. Am meisten gefielen mir ihre Arme, die ich jetzt, im Sommer, wieder sehen konnte. Es waren Kinderarme, die dicht unterhalb der Schultergelenke genauso schlank waren wie an den Handgelenken. Ich wünschte mir, mit Susanne sprechen zu können, an irgendeinem fernen Ort. Kurz darauf kippte meine Stimmung um. Ich empfand die selbstgebastelte Lächerlichkeit, über die ich zuvor abstrakt nachgedacht hatte. Wenn das so weitergeht, dachte ich, wird mich die Lächerlichkeit allmählich mit den Erscheinungen vertraut machen, die mich zerstören werden, mit meiner Egomanie, mit meiner Verrücktheit, mit meinem Tod. An diesem Punkt mußte ich plötzlich lachen, ganz allein in der Küche. War ich doch wieder bei meiner Neigung gelandet, in allem und jedem ein Zeichen meines Todes zu sehen. Immer dieses blöde Todesgeraune! dachte ich und lachte, immer dieses idiotische innerliche Todesgeflüster!

In der folgenden Woche war ich zum ersten Mal mit Wanda in der Stadt verabredet. Ich fragte mich, ob ich irgend etwas Besonderes fühlte, aber ich kam nicht dazu, eine Antwort zu finden, weil ich in der Ulmenstraße einen Bettler sah, der sonst immer in der etwas belebteren Böttcherstraße stand. Er verharrte auf zwei Beinstümpfen, die ganz kurz waren. Ich nannte ihn den Reifenmann, weil er über den Stümpfen zwei Reifengummistücke trug. Stundenlang hielt er in der rechten Hand ein paar Postkarten und starrte auf den Boden. Ich hatte noch nie gesehen, daß er eine Postkarte verkaufte. Dennoch schien er versorgt zu sein. Einmal hatte ich gesehen, wie er am Abend von zwei Frauen im Auto abgeholt wurde. Es dauerte eine Weile, bis er auf seinen Stümpfen den Weg zum Auto zurückgelegt hatte. Dann hoben ihn die Frauen gemeinsam auf den Beifahrersitz und schnallten ihn sogar an. An ihren erregten Gesichtern war zu sehen, daß sie sich im Auto stritten. Die Frau am Steuer zögerte die Abfahrt hinaus, um besser mit dem Krüppel streiten zu können. Ich erinnerte mich, daß mir der sehnsuchtsvolle Blick gefiel, mit dem der Bettler auf seinen leeren Bettlerstandort schaute, während er ausgeschimpft wurde. Auf der anderen Straßenseite zog Inge Siebenhaar dahin. Sie war eigentlich Fotografin, lebte aber seit einiger Zeit von der Sozialhilfe. Ich wollte ein paar Sätze mit ihr wechseln, aber sie rief zu mir herüber: Es ist heute ganz langweilig, mit mir zu reden! Tatsächlich verließ ich meine Straßenseite daraufhin nicht und bog in die Eschersheimer Landstraße ein. Hier sah ich den ersten Sommerverrückten dieses Jahres. Er kam direkt auf mich zu, allerdings sehr langsam. Denn er drückte seinen Rükken gegen eine Hauswand und schob sich seitlich voran.

Aus seiner Anzugtasche ragte ein Eßlöffel heraus, den er manchmal in die Hand nahm. Er schaute ihn an, steckte ihn sich in den Mund oder drohte damit gegen den Himmel. An der Einmündung Gärtnerweg sah ich Herrn Schimmelpfennig, den Arbeitslosen aus der Bar in der Leibnizstraße. Sofort erkannten wir uns an dem feinen Grauen, das an der Theke zwischen uns aufgestiegen war und das sich jetzt ein wenig steigerte. Natürlich war es meine Aufgabe, Herrn Schimmelpfennig aus dem Weg zu gehen. Dazu bot sich im Augenblick nur eine Fußgängerunterführung an, in die ich abtauchen wollte. Aber genau am Eingang der Fußgängerunterführung lag eine tote Taube, an der ich nicht ohne weiteres vorbeikam. Auch Herr Schimmelpfennig blieb in einiger Entfernung stehen und betrachtete das tote Tier. Vermutlich war es auf ein fahrendes Auto geprallt und dann an den Rand des Gehwegs geschleudert worden. Das Tier lag auf dem Bauch, die Flügel waren seitlich auf dem Beton ausgebreitet, am Kopf war ein wenig Blut sichtbar. Eine andere Taube trippelte heran und sprang auf den Kadaver. Im Gesicht von Herrn Schimmelpfennig erkannte ich Spuren des Entsetzens, aber Herr Schimmelpfennig wandte sich nicht ab. Auch mich machte die Pein zu ihrem Zuschauer. Ich überlegte, ob das lebende das tote Tier ins Leben zurückholen wollte, aber vermutlich war alles viel simpler. Dem Geschlechtseifer des obenauf sitzenden Tieres war es nur gleichgültig, ob sein Drang einem lebenden oder toten Körper galt. In diesen Augenblicken wechselte das Grauen zwischen Herrn Schimmelpfennig und mir sein Thema. Wenn wir uns künftig begegneten, würde uns nur noch das gemeinsam beobachtete Schauspiel der Totenbegattung einfallen. In dieser Erleichterung ließen wir voneinander ab. Herr Schimmelpfennig verschwand in Richtung Norden, ich in der Fußgängerunterführung.

Wanda trug ein weinrotes Samtjäckchen, einen hellgrauen Pulli und eine dunkle Leinenhose. Sie sagte, das Tanzstudio habe eine Unterrichtseinheit, die eigentlich morgen abend stattfinden sollte, auf den heutigen Nachmittag verlegt und daß sie deswegen nur wenig Zeit hätte. Wanda schaute mit ihren kleinen Beerenaugen munter umher und klagte über Schmerzen in den Schultern und im Rücken. Mehrmals blieb sie stehen und rieb sich mit der Hand die rechte Seite. Ich war nicht sicher, ob ich ihr eine kurze Rückenmassage anbieten durfte. Ich ging mit ihr zu dem Imbißstand, den ich vor Tagen beobachtet hatte. Und ich sah, daß mehrere Hunde unter den Stehtischen lagen und darauf warteten, daß der Budenbesitzer von Menschen übriggelassene Pommes frites an sie verfütterte. Ich machte Wanda auf die Zusammenhänge aufmerksam und fragte sie, was ich mich vor Tagen selbst gefragt hatte: ob durch diese Vermischungen aus Pommes frites stillschweigend Hundenahrung geworden war oder nicht. Wanda lachte und traute sich so schnell kein Urteil zu. Wir mußten nicht lange warten, dann kam der Budenbetreiber aus seinem Verschlag heraus und verschüttete die auf Pappdeckeln zurückgelassenen Pommes frites etwa gleichmäßig an die Hunde. Mit Heißhunger machten sie sich darüber her. Kurz darauf näherten sich zwei Jugendliche und ein Mann und kauften sich je eine Portion Pommes frites. Die Jugendlichen bemerkten die fressenden Hunde nicht, der Mann beobachtete sie. Sein Empfinden stieß sich offenbar weder an ihrem Anblick noch an ihrem Verhalten. Ja, der

Mann stellte sich dicht neben einen der fressenden Hunde, der jetzt sogar die Salzreste auf dem Gehweg aufleckte. Meine Frage schien beantwortet: Tatsächlich war aus Pommes frites stillschweigend Hundenahrung geworden, die auch von Menschen verzehrt wurde. Wanda hielt sich mit ihrem Urteil noch immer zurück. Sie wollte die Vorgänge in den kommenden Tagen noch öfter beobachten.

Danach führte ich Wanda zu dem Zeitungsverkäufer, den ich vor Tagen entdeckt hatte. Auf dem Weg dorthin hatte ich plötzlich das Gefühl, Wanda habe vielleicht schon seit längerer Zeit meine Nähe gesucht. Es schien ihr zu gefallen, daß es jemanden gab, der sie mit verblüffenden Einzelheiten unterhielt. In der Braubachstraße stand der Zeitungsverkäufer. Wieder bewegte er sich auf der Fahrbahn und hielt den vorbeifahrenden Autos aus gefährlicher Nähe seine Zeitungen entgegen. Die meisten Autos fuhren mit hoher Geschwindigkeit an ihm vorbei. Vermutlich war der Verkauf der Zeitungen für ihn nicht die Hauptsache. Es erregte ihn, mit den Fingerkuppen die vorbeiflitzenden Karosserien zu berühren. Wanda war begeistert.

Das habe ich als Kind auch getan, sagte sie.

Warum?

Ich war als Kind ein bißchen wahnsinnig, sagte sie; ich glaubte, die Autos hielten an, wenn ich sie berührte.

Durch die unheimliche Macht in deinen kleinen Fingern?

Ja, sagte Wanda; und ich habe anderen Kindern erzählt, daß ich Autos sofort und überall zum Anhalten bringen kann.

Haben sie dir geglaubt?

Einige schon.

Hat sich dein Kinderwahn mit der Autonummer begnügt?

Nein, sagte Wanda; ich weiß von einem langen und harten Winter, in dem ich plötzlich behauptete, ich könne auch im Dunkeln sehen.

Wie alt warst du damals?

Zwölf oder dreizehn, sagte Wanda; der seit Tagen liegengebliebene Schnee hatte sich zu Eisklumpen verhärtet. Ich fuhr auf dem Schlitten immer wieder einen Abhang hinunter. Das war ein bißchen gefährlich, weil sich am Ende des Hangs eine tiefe Senke entlangzog. Wer wie ich mit hoher Geschwindigkeit in die Senke einfuhr, wurde leicht vom Schlitten geworfen und vielleicht gegen einen Baum geschleudert. Aber ich hielt den Schlitten mit beiden Händen fest und hatte außerdem mein Körpergewicht so gut verteilt, daß es mich nicht vom Schlitten warf. Ich war deswegen stolz auf mich. Aus Begeisterung über meine Geschicklichkeit bewunderte ich sogar die kleinen Eiszapfen an meinen Hosenbeinen. Auch als es dämmerig wurde, fuhr ich weiter den Abhang hinunter und fiel nicht vom Schlitten. Und als es ganz finster war, schloß ich die Augen und fuhr den Hügel blind hinunter und stieß nirgendwo an und fiel wieder nicht vom Schlitten. Dann ging ich nach Hause und sagte, daß ich seit heute auch im Dunkeln sehen könne.

Und deine Mutter?

Sie gab mir ein frisches Nachthemd und schwieg, sagte Wanda; ich ging in mein Zimmer, schaltete das Licht aus und zog mir im Dunkeln das frische Nachthemd an. Danach trat ich vor meine Mutter hin und behauptete erneut, daß ich seit heute im Dunkeln sehen könne. Das war das erste und ich glaube das einzige Mal, daß ich mich furchtlos fühlte.

Und heute?

Wenn es dunkel ist und ich mich fürchte, sagte Wanda, bilde ich mir manchmal heute noch ein, ich könnte durch die Mauern der Häuser sehen und mich davon überzeugen, daß alles, was dahinter geschieht, harmlos und nichtssagend ist.

Wanda lachte. Ihr Kinderwahn gefiel mir, und ich hoffte auf weitere Einzelheiten. Aber Wanda hatte nicht mehr viel Zeit, sie erinnerte an den vorverlegten Tanzunterricht, den sie auf keinen Fall versäumen wollte, obwohl sie gleichzeitig über Rückenschmerzen stöhnte. Ich begleitete sie ein Stück in Richtung Tanzstudio und verabschiedete mich dann.

Kaum war sie weg, überlegte ich erneut, ob ich noch einmal eine Frau haben wollte oder nicht und, wenn ja, ob vielleicht Wanda diese Frau sein könnte. Natürlich konnte ich auch jetzt nicht ›über‹ diese Frage ›nachdenken‹. Statt dessen fiel mir die Kassiererin Jutta aus dem Prezzoprezzo ein. Ich betrachtete sie gerne, obwohl sie fast immer in kitschiger Kleidung umherlief. Am liebsten trug sie ein enges Tigerfellhemdchen oder eine halb durchsichtige dunkelrote Seidenbluse mit Rüschen und kleinen Glöckchen am Kragen. Immer wieder glaubte ich, Menschen wie Jutta vor dem Kitsch warnen zu müssen, der ringsherum auf sie lauerte. In Wahrheit entsprachen die Menschen millimetergenau dem Kitsch, der extra für sie hergestellt wurde. Der Abstand zu den Verhältnissen existierte nur in mir selber, nicht bei den Leuten. Prompt fiel das Differenzgefühl kommentarlos an mich zurück und beschämte mich. Plötzlich verlangte es mich nach Schokolade. Ich betrat das erstbeste Kaufhaus und gelangte mit der Rolltreppe in die im Tiefgeschoß gelegene Lebensmittelabteilung. Mit einem kleinen Wägelchen fuhr ich an langen Verkaufsregalen entlang und suchte die Süßwarenabteilung. Unterwegs erinnerte ich mich an einen Traum. Ich wollte die Betten meiner Eltern verkaufen. Ich wartete zusammen mit den Eltern in deren Schlafzimmer auf einen Käufer ihrer Betten, aber es kam niemand. Die Eltern saßen in einer Zimmerecke auf dem Boden, sahen mich an und fürchteten sich. Sie wollten in ihre Betten zurück, aber ich erlaubte es nicht. Sie taten mir leid, aber ihre Betten wollte ich ihnen trotzdem nicht zurückgeben. Jetzt, beim Anblick von zahllosen Kindergesichtern, die auf Keksschachteln, Nudeltüten und Kakaodosen abgebildet waren, überraschte mich der Einfall, daß ich meine Eltern vermutlich dafür bestrafen wollte, daß sie mich gezeugt hatten. Gleichzeitig ärgerte ich mich, daß ich mit derart düsteren Gedanken durch die Lebensmittelabteilung ging. Ich genierte mich ein wenig, eine Verkäuferin nach der Süßwarenabteilung zu fragen, und so brauchte ich fast zehn Minuten, ehe ich ein kleines Täfelchen Schokolade entdeckt und mit diesem den Weg zurück zu den Kassen gefunden hatte.

Im Augenblick, als ich mit dem Einkaufswagen in eine der Kundenschleusen einfuhr, begannen zwei junge Verkäuferinnen über mich zu lachen. Sie blickten in die vergitterte Leere meines Einkaufswagens, in dem sich nichts als eine kleine Tafel Schokolade befand, und kicherten. Ich überlegte, ob ich sie zurechtweisen sollte, aber da wandten sie sich schon ab und verschwanden im Gewühl der Obstabteilung. Erst Sekunden später, als ich die Schokolade auf das Transportband der Kasse legte, rettete der Anblick einer älteren Kassiererin meine Stimmung. Ich blickte ihr dankbar ins Gesicht und sah mich bestätigt darin, in den Kassiererinnen bedeutsame Integrationsfiguren des Alltags zu erkennen. Draußen, auf der Straße, fragte ich mich, ob ich nur vor den beiden Verkäuferinnen lächerlich geworden war oder auch vor mir selbst – oder gar vor allen, die die Szene beobachtet hatten. Natürlich war ich nicht darauf vorbereitet, an einem bis jetzt doch angenehm verlaufenen Nachmittag eine derart komplizierte Frage beantworten zu müssen. Ich ging ja nur umher und erfüllte mir einfache Wünsche. Ich traute mich nicht, die Schokolade aus meiner Tasche zu holen und auszupacken. Niemals hatte ich damit gerechnet, daß der Kauf einer Tafel Schokolade derartige Folgen haben könnte. Ich versuchte, mich mit einer simplen Rekonstruktion der Ereignisse zu beruhigen. Genaugenommen haben sich zwei unbekannte junge Frauen ein paar Augenblicke über dich lustig gemacht, mehr war nicht. Nein, das stimmte nicht. Denn du hast dir dieses Erlebnis zu Herzen genommen und hast es dadurch zu etwas ganz und gar Eigenem gemacht. Du hast etwas eindeutig Äußerliches in etwas ebenso eindeutig Innerliches verwandelt. Das war der Fehler! Ich sah ein paar Männer und ein Kind durch die Straßen ziehen. Sie trugen Fahnen und bunte Bänder bei sich, außerdem Trompeten und andere Blasinstrumente. Vermutlich handelte es sich um Fußballanhänger, die von einem Spiel heimkehrten. Nur das Kind in ihrer Mitte sah nicht bedrückend aus. Es hielt sich wie die Männer ein Instrument an die Lippen, es brachte dieselben albernen Töne hervor wie diese und strahlte dennoch nicht deren Einfältigkeit aus. Ich schaute dem Kind eine Weile nach, aber es gelang mir nicht, den Grund seiner Unbetroffenheit herauszufinden. Auch der Anblick des Kindes half mir nicht, auf andere Gedanken zu kommen, im Gegenteil. Mir fiel ein, daß ich meine Lächerlichkeit in der Lebensmittelabteilung vermutlich gar nicht bemerkt hätte, wenn ich nicht vor Tagen das Lachen der fotografierenden Männer hätte hören müssen. Meine Aufgabe wird sein, dachte ich, daß ich mich ab sofort auf das stets mögliche Neuauftauchen von Lächerlichkeit einrichten muß. Das bedeutete, daß ich offenkundig jederzeit auslachbar geworden war. Aber was bedeutete es überhaupt, auslachbar zu sein? Drang dabei äußerliche, mir nicht angehörende Fremdheit in meine Person ein und machte mich sichtbar kurios, oder trat umgekehrt ein Teil meiner eigenen Fremdheit in die Welt und kennzeichnete mich dabei als lächerlich? In all diesen Überlegungen mußte ich aufpassen, daß aus dem Nachsinnen über Lächerlichkeit keine gegen mich gerichtete Leidenschaft wurde. Denn schon schätzte ich die falschen Gedanken, die man sich in einer Einschüchterung macht. Plötzlich wollte ich die beiden Männer sehen, die mich beim Pinkeln fotografiert hatten. Ich wollte sie ohne Umschweife fragen, was sie an mir lächerlich gefunden hatten und was sie mit den Fotos anstellen würden. Schon war ich unterwegs zu der Mauer, an die ich mich vor Tagen gestellt hatte. Natürlich war dort nichts zu sehen. Das heißt, nach etwa drei Minuten kam ein älterer Mann vorbei, zog aus einem Papierkorb eine Zeitung heraus, wollte sie zuerst ausbreiten, warf sie aber dann in den Papierkorb zurück und ging weiter.

Am Frühabend traf ich Andrea in einem Copyshop. Sie war über einen Kopierautomaten gebeugt, hob aber doch den Kopf, als ich eintrat.

Und, fragte sie, wie findest du mich?

Nicht so besonders heute, sagte ich.

Wenigstens du flunkerst mich nicht an.

Ist was passiert? fragte ich.

Ich hatte einen kleinen Nervenzusammenbruch. Wir müssen zur Zeit arbeiten wie die Packesel, und dabei ist es passiert.

Warst du im Krankenhaus?

Gott sei Dank nur einen halben Tag lang. Zuerst war der Kreislauf weg. Dann war der Rücken irgendwie ... wie soll ich sagen ... blockiert. Zum Schluß hatte ich Heulanfälle.

Alles in der Firma?

Ja, sagte sie, danach haben sie mich weggetragen. So ein Unfallwagen brachte mich ins Heiliggeistkrankenhaus. Dort habe ich zwei Spritzen bekommen, dann war der Kreislauf wieder da. Und dieses Verschnürungsgefühl im Rücken ... diese Blockierung ... etwas Ekelhaftes ist das ... war auch verschwunden.

Wann war das?

Vorige Woche; leider kommt die Geschichte in meine Personalakte, und das bedeutet: die Frau ist nicht belastbar, das beunruhigt mich am meisten.

Das gibt sich wieder.

Wie meinst du das?

Nach einiger Zeit wirst du die Geschichte vergessen.

Du täuschst dich, diese Geschichte vergesse ich niemals. Ich hatte schon befürchtet, ich sei erkannt.

Erkannt? Was meinst du damit?

Du mußt wissen, sagte sie, ich arbeite seit vielen Jahren nur aus Angst, nicht arbeiten zu können.

Ich lachte knapp.

Und als ich auf dem Fußboden lag, dachte ich, jetzt kommt gleich einer auf dich zu und sagt: Sie sind doch nur arbeitsscheu. Und ich war so hilflos, daß ich es sofort zugegeben hätte.

Und dann?

Ich fürchte den Tag, an dem mich die Angst verläßt, nicht arbeiten zu können. Dann werde ich endlich ohne Angst sein und keinen Streich mehr tun können.

Ich lachte noch einmal.

Das ist mein voller Ernst, sagte sie.

Dann mußt du jetzt schleunigst wieder ins Büro.

Andrea kratzte sich am Hals.

Und wenn dich einer scharf anschaut, sagte ich, dann denke nicht, deine Seele sei entblößt, sondern stell dir nur vor, daß ihm ein bißchen übel ist.

Du nimmst mich nicht ernst, sagte sie und nahm ihre große Handtasche und verschwand.

Ich verstaute meine Kopien in einer Plastiktüte, zahlte und verließ den Laden ebenfalls. Auf dem Heimweg ging ich durch die Leibnizstraße. Ich beobachtete mich in ein paar Schaufensterscheiben und hatte das Gefühl, daß ich genauso undeutlich und verwischt wirkte wie die anderen. Ich wollte anders aussehen als sie und war doch froh, daß ich ihnen glich. Auf sanfte Weise wurden wir von unserem eigenen Leben vergeudet und suchten doch nach jemandem, der an dieser Massenvergeudung schuld war. Von weitem sah ich, daß Wischinskis Kulturlokal vollständig renoviert war. Drei Arbeiter hoben Möbel und Geräte von einem Lkw herunter und trugen die Sachen in das Lokal. Als ich näher kam, sah ich, daß ich mich getäuscht hatte. Was hier entstand, war kein Restaurantbetrieb, sondern ein, ja was denn, ich schaute hin und schaute hin und erkannte, daß die verschieden großen, mal halb ausgepackten, mal bloß zusammengeklappten Apparate und Geräte nichts als Lampen waren. Bürolampen, Tischleuchten, Hängelampen, Bodenlampen, Wandleuchten, Leselämpchen. Vor den Schaufenstern lag ein nagelneuer Neonschriftzug LICHTSTUDIO HAUSMANN & CO. Wie war es möglich, daß ausgerechnet ich, der ich Wischinskis Hang zur Großschwätzerei gut kannte, nicht restlos ausgeschlossen hatte, es könne dem Kulturlokal vielleicht doch eine Spur Wirklichkeit anhaften? Beschämt verließ ich die Leibnizstraße. Momentweise war ich überzeugt, in Wischinski einen meiner Lebensvergeuder erkennen zu dürfen. Ich bog in die Uhlandstraße ein, um meine Wäsche abzuholen. Wischinski wollte ich in Zukunft kein Wort mehr glauben, wovon er auch immer reden würde. Noch besser wäre gewesen, ich hätte die Kraft gehabt, überhaupt nicht mehr mit ihm zu sprechen. Aber ich neigte nicht zu solchen Einstellungen. Beziehungsweise: Ich konnte sie immer nur denken, aber dann nicht durchhalten. Wie immer gefiel mir die hellerleuchtete Wäscherei. Sie wurde seit etwa zwanzig Jahren von einer stillen, jetzt gealterten Ausländerin betrieben, die ein wenig betrübt darüber schien, daß ihre beiden halb erwachsenen Töchter ihr so wenig zur Hand gingen. Mein Wäschepaket lag, wie üblich sorgfältig in weißes Papier verpackt, vorne links im Schaufenster. Die Inhaberin lächelte mich ein wenig geschmerzt an und überreichte mir das Paket. In diesen Augenblicken fiel mir die Kassiererin

Caroline ein. Obwohl sie meistens um Fröhlichkeit bemüht war, erinnerte ich mich an sie jetzt nur wie an eine stumpfe Skulptur. Voll rätselhafter Sanftheit fühlte ich mich in ihr vermutlich karges Leben ein. Caroline kam, genau wie ihre Kolleginnen, jeden Morgen im Prezzoprezzo an, vermutlich aus einem Dorf der Umgebung. Sie setzte sich in das kleine Kabuff hinter ihrer Kasse, das genau ihren Körpermaßen angemessen schien. Sie hockte wie eine fleischliche Füllung in der Sitzverkleidung der Kasse und arbeitete stundenlang nur mit den Händen. Schaute Caroline überhaupt noch in die Welt? Vermutlich hielt sie nur noch ihren Kopf still, weil das Stillhalten des Kopfes eine von allen Kassiererinnen einzuhaltende Vorschrift war, um gegen plötzlich hereinbrechende Verrücktheit gefeit zu sein. Ich hatte Lust, sofort beim Prezzoprezzo vorbeizugehen und nach Caroline zu schauen. Andererseits war ich müde und trug schon mein Wäschepaket nach Hause. In der Wohnung gefiel es mir, die frisch aufeinander gestapelten Bettlaken, Kissenbezüge und Handtücher eine Weile anzuschauen, ihren Duft einzuatmen und einzelne Wäschestücke von Zeit zu Zeit anzufassen. Dabei entdeckte ich, daß obenauf nur ein einzelner Strumpf lag. Der Strumpf gehörte mir, kein Zweifel, aber wo war das Gegenstück dazu? Der einzelne Strumpf streckte sich auf dem weißen, glatten Quadrat der Bettwäsche wie das Eingeständnis hin, daß der andere Strumpf verschlampt, vergessen, verwechselt, auf jeden Fall aber verloren war. Ich war inzwischen eine Person geworden, der man kommentarlos anstelle eines Paares nur noch einen Strumpf zurückgeben konnte. Der fehlende Strumpf schien ein erster Beweis dafür zu sein, daß meine Lächerlichkeit als eine Art Zeichensystem nach außen getreten war und daß man mich ab sofort als jemand behandeln durfte, der über das Aufkommen weiterer Zeichen des gleichen Systems nicht länger verwundert sein konnte.

Es war 17.00 Uhr, ich schaltete das Radio ein. Nach den Nachrichten würde sich wie üblich Bärbel Heimbacher melden und eine Stunde lang neue Popmusik vorstellen. Es kam mir nicht auf die Musik an, sondern nur auf die Stimme der Moderatorin und die Geschichte, die ich mir zu dieser Stimme ausdenken konnte. Bärbel Heimbacher war vermutlich zwischen vierzig und fünfzig und mit Sicherheit eine starke Raucherin. Ihre Stimme war kehlig geworden, manchmal fast krächzend, und Bärbel Heimbacher mußte sich anstrengen, ihre ohnehin schon knappen Moderationen kurz vor frisch eintreffenden Hustenanfällen zu beenden. Ihre am häufigsten wiederkehrende Formulierung war *total jung*, und genau so wollte sie auch sprechen. Wieder redete sie von *brandheißen Scheiben*, von *geilen Solos*, von *Hip Hop Nummern* und *coolen Drummernächten*. Winzige Quetschungen in ihrer Modulation verrieten, daß Bärbel Heimbacher in einer Panik lebte, die sie vor sich selbst verbarg. Vermutlich hatte sie versäumt, rechtzeitig die Sphären zu wechseln. Sonst würde sie jetzt ein ruhiges Autofahrermagazin oder eine gutmütige Umweltsendung moderieren und müßte nicht Angst haben, mit ihrer anstößigen Stimme aufzufallen. So ähnlich dachte ich und merkte nicht sofort, daß mir die Einfühlung in Bärbel Heimbachers Schicksal dabei half, ein Stück meines eigenen Schicksals umzuinterpretieren. Denn in Wahrheit, so vermutete ich jetzt, hatte die Rückkehr des Einzelstrumpfs nichts mit mir und nichts mit meiner Lächerlichkeit zu tun.

Die Mitteilung, die der Strumpf machte, war ein Eingeständnis über das Leben der Wäschereibesitzerin selber und lautete ungefähr so: Meine Damen und Herren, ich werde leider alt und überblicke das Geschehen in meiner Wäscherei nicht mehr ganz. Bitte haben Sie Verständnis, wenn künftig dann und wann eines Ihrer Wäschestücke fehlt oder wenn Sie gar, auch das wird leider vorkommen, Wäsche zurückerhalten, die Ihnen gar nicht gehört. Ich hoffe sehr, daß Sie mir trotzdem die Treue halten. Ich danke Ihnen für Ihre Einfühlung und grüße Sie herzlich, Ihre Wäschereibesitzerin.

Ich war angetan von meinem Einfall und hielt ihn für wahr. Aufgrund dieser Idee war es mir möglich, die Wäschestücke endlich einzuräumen. Den Einzelstrumpf steckte ich – ganz so, als würde das Gegenstück schon nächste Woche wiederauftauchen – in die Kommode zu den anderen Strümpfen. Und ich gab meine anfängliche Vorstellung auf, die Inhaberin nach dem Verbleib des fehlenden Strumpfes zu fragen. Im Gegenteil, ich würde in ihren klagenden Blick auf die Töchter mit einstimmen und so zeigen, daß ich sie verstanden hatte. In diesen Augenblicken klingelte das Telefon. Es war Privatdozent Dr. Wolters, der mich zu seinem Geburtstagsfest einlud. Ich hatte kein Verlangen nach Geburtstagsfesten, aber ich sagte zu.

Wir feiern in einem Kleingarten, den ich von meiner Mutter geerbt habe, sagte Dr. Wolters.

Ich notierte die Adresse und wollte fragen, ob ich jemanden mitbringen durfte, aber da rief Dr. Wolters in den Apparat: Es kommen viele junge Leute! Es wird bestimmt lustig werden!

Ich schwieg über diese Ankündigung und wollte schon

zum Ende des Gesprächs kommen, da hob Dr. Wolters mit einem neuen Thema an: Haben Sie sich inzwischen eine neue Hose gekauft?

Tatsächlich hatte ich inzwischen vollständig vergessen, daß ich mir je eine neue Hose hatte kaufen wollen. Ich sah an meiner alten Hose herunter und dachte: Guter Gott, wie oft habe ich schon über Hosen nachdenken und sogar reden müssen!

Natürlich, sagte ich, habe ich eine neue Hose.

Dann ziehen Sie das gute Stück bitte an, wenn Sie zu meinem Geburtstagsfest kommen!

Diese Aufforderung fand ich zunächst peinlich, dann bösartig, weil ich plötzlich das Gefühl hatte, Dr. Wolters wußte, daß die Ankündigung eines Hosenkaufs neulich eine Ausrede war.

Nein, sagte ich, das werde ich nicht tun, weil ich die Hose unbedingt vor Mayonnaiseflecken und ausgeschüttetem Bier schützen muß.

Danach war Dr. Wolters sonderbar kleinlaut und beendete rasch das Telefonat. Ich grübelte, ob seine Bemerkung auch als scherzhafte Kritik an meiner äußeren Erscheinung aufgefaßt werden konnte. Da beendete Bärbel Heimbacher schon ihre Sendung. Ich hörte hin, weil ich die resignierte Wahrheit im Klang ihrer Stimme am Ende der Sendung besonders schätzte. Da geschah es. Sie sagte wie üblich ihren letzten Satz: Am Mikrofon war wie immer Ihre Bärbel Heim – ihren Namen konnte sie nicht mehr zu Ende sprechen, da hustete sie los. Ihre Kollegen in der Technik waren mit dem Ausblenden nicht schnell genug, so daß eine weithin als spritzig geltende Jugendsendung zum ersten Mal mit dem Husten einer älteren Frau endete.

Ich freute mich über die momentweise Selbstaufhebung des Scheins, ich wollte das Husten im Radio sogar ein wenig lauter stellen, aber dann fürchtete ich, daß die Kraßheit des Zwischenfalls vermutlich das Ende von Bärbel Heimbachers Karriere einleitete. Kurz darauf kamen die 18-Uhr-Nachrichten, die ich mir nicht mehr anhörte.

Eine neue Hose! Ich konnte schon zur damaligen Zeit nicht ausdrücken, wie wenig ich an Hosen interessiert war, und zwar an allen Hosen, an alten und neuen, an modischen und nicht-modischen. Als es Edda noch gab, mußte ich mich nicht einmal mit der Zurückweisung solcher Probleme beschäftigen. Mit wunderbarer Beiläufigkeit führte sie mich von Zeit zu Zeit in ein Kaufhaus, nahm von einem Kleiderständer dieses und jenes herunter und schickte mich damit in eine Umkleidekabine. Und erledigt war der Vorgang. Wenig später packte mich ein unangenehm starkes Verlangen nach Edda. Ich schaute auf das stumme Radio und stand in der Küche herum, die früher einmal unsere gemeinsame Küche gewesen war. In der linken Schublade des Geschirrschranks lagen ein paar Fotos. Sie zeigten Edda im Urlaub, Edda im Schnee, Edda in der Badewanne, Edda als Kind und Edda im Karneval. Auf einem der Bilder saß sie in einem schweren Holzkahn und lachte über die Unmöglichkeit, mit ihren dünnen Armen die dikken Ruder zu bewegen. Ich schloß mehrmals die Augen und öffnete sie wieder und betrachtete von neuem Eddas Gesicht. Schon glaubte ich, die Tote sei heimlich auferstanden und werde gleich in die Küche kommen. Dann beendete das Bewußtsein den Akt der Wiederbelebung, und das Foto rückte zurück in den Status einer bloßen Abbildung. Bis ich erneut die Augen schloß und sie wieder öffnete und sich die Anmutung von Eddas momentweiser Wiederkehr wiederholte, wenn auch schwächer. Die Abfolge erstaunte mich. Früher einmal hatte ich angenommen, daß Fotos im Augenblick ihrer Entstehung unseren Tod fixieren, weil sie uns daran erinnern, daß es uns als Lebende eines Tages nicht mehr geben wird. Aber das galt offenbar nur für die Abbilder unserer eigenen Person. Jetzt betrachtete ich ein Foto von Edda, und es ereignete sich genau das Gegenteil: Im Inneren meines Blicks verwandelte sich Edda in eine Wiederauferstandene, in eine Wiederverlebendigte. Die Worte gefielen mir nicht, aber ich hatte im Augenblick keine besseren. Möglicherweise gab es für diese Vorgänge überhaupt keine Worte, die sowohl zutreffend als auch schön waren. Es handelte sich um eine im Bewußtsein vollzogene Auferstehung, die sich nur ein paar sich selbst wiederholenden Blicken auf ein paar Fotos verdankte. Am treffendsten war vielleicht das Wort Rückrufung. Nein, auch dieses Wort ging an der Sache vorbei, weil lautliche Momente nicht beteiligt waren. Danach fiel mir das Wort Rückbilderung ein, sicher das häßlichste, wenn auch bisher das exakteste. Das alles konnte nur heißen, daß ich Eddas Fotos noch oft betrachten mußte, um eines Tages vielleicht auf die richtigen Worte zu stoßen.

Ich legte die Fotos zurück in die Schublade des Geschirrschranks und verließ die Küche, weil das Verlangen nach Edda in diesem Raum inzwischen peinigend geworden war. Im hinteren Zimmer war es freilich nicht minder stark, im Gegenteil, das hintere Zimmer war unser Schlafzimmer gewesen. Mir fiel die Taube ein, die vor Tagen ein totes Tier begattet hatte. Kurz darauf näherte ich mich selbst der toten Edda in der eindeutigen Absicht einer Wiederbelebung. Ich faßte mir an das Geschlecht und fühlte doch nur, daß es zu Schmerz nicht die geringste Distanz gab. Gefügig nahm ich es hin, daß das Hauptgeschehen der erinnernden Onanie nicht der Sexualität galt, sondern der scheiternden Wiedereroberung des Verlorenen. Sofort schossen mir die genauesten Bilder in den Kopf und behaupteten für Sekunden ihre Unverlierbarkeit. Ich sah Eddas Brüste, weich in ihren Armbeugen liegend. Ich hörte ihre nicht ernst gemeinten Klagen darüber, sie habe eine zu große und zu weiche Brust. Auf ihrem linken Brusthügel sah ich die Einkerbung, den winzigen Schlitz, der wie ein kleiner zusammengekniffener Mund oben auf der Brustwarze aufsaß. Sobald ich an der Brust saugte, verschwand der Schlitz, jedenfalls für eine Weile. Damals glaubte ich, daß es die Kerbe nur gab, damit sich in mir das Gefühl eines körperlichen Geheimnisses herausbilden konnte, das mir die Vertrautheit mit Eddas Körper für immer verbürgte. Es war mir erlaubt und jederzeit möglich, einen grundlos verbittert erscheinenden Brustmund verschwinden zu lassen und damit auch noch Eddas Vergnügen hervorzurufen! Im Flur fiel mir auch noch Eddas Lust auf Doppelverabschiedungen ein. Früh morgens, wenn sie ins Büro ging, verabschiedete sie sich von mir mit einer Flut von Küssen, der ich kaum standhalten konnte. Kaum war Edda draußen im Treppenhaus, stürzte sie noch einmal in die Wohnung zurück und wiederholte die Erstverabschiedung, weil sie nicht ausschweifend genug ausgefallen war.

Nach diesen Bildern konnte ich die Wohnung nicht mehr ertragen. Die halbverlassenen Möbel und die zwischen ihnen herumirrende Zerfetztheit meines Empfindens trieben mich wenige Minuten später aus dem Haus. Draußen beruhigte mich sofort das fledermausartige Angeflogenwerden von verschiedenen Stimmungen, die zu schnell wieder verschwanden, ehe ich Worte für sie oder über sie finden konnte. Im Unterstand der Straßenbahnhaltestelle, die ich von der Wohnung aus sehen konnte, lebte neuerdings ein Obdachloser. Die meiste Zeit lag er längs auf den Sitzplätzen und bewegte nur manchmal die Füße. Seine Jacke war voller Schmutz und Erde. Seine Schuhe waren rätselhafte Behälter geworden, in denen sich Abfall sammelte. Sein Haar war so stark verfilzt, daß sein Gesicht mehr und mehr einem Tierkopf ähnelte. Plötzlich bemerkte ich, ich sah mir den Mann nur an, weil ich herausfinden wollte, ob das erst seit kurzem gebräuchliche Wort *Verdreckung* auch für ihn zutreffend war oder nicht. Da überquerte Wischinski die Straße und kam direkt auf mich zu. Ich erschrak, sah aber keine Möglichkeit, ihm zu entkommen. Wischinski begrüßte mich freundlich und schloß sich mir an. Ich ärgerte mich, weil ich mit ihm redete. Deswegen machte ich von der mysteriösen Möglichkeit Gebrauch, das eigene Leben vorübergehend nicht zu achten. Ich sprach Wischinski nicht darauf an, daß es kein Kulturlokal geben wird und daß nie eines geplant gewesen war. Ich sagte ihm auch nicht, daß ich mich in seiner Gegenwart lächerlich fühlte. Wir gingen in die Innenstadt, wohin ich nicht wollte. Ich überlegte, ob ich den engeren Bezirk der Innenstadt nicht das Lächerlichkeitsgebiet nennen sollte, das ich in Zukunft vielleicht vollständig meiden mußte, wenn es mir schon nicht möglich war, die Stadt ganz zu verlassen und mir einen neuen, unbelasteten Ort zu suchen. Wischinski sprach inzwischen von den Schwierigkeiten bei der Reinigung seiner Schuhe.

Wenn man seine Schuhe eine Weile nicht putzt, sagte er,

dann sagen einem die Leute, du mußt deine Schuhe putzen. Wenn man auch daraufhin seine Schuhe nicht putzt, sagen die Leute nichts mehr.

Ich schwieg. Schon nach kurzer Zeit fand ich es selbst nicht ungewöhnlich, daß Wischinski nicht von seinem Kulturlokal sprach. Flüchtig dachte ich an die Kassiererin Elfriede, die ich vielleicht nur deswegen schätzte, weil sie einen altmodischen Namen hatte. Immer mal wieder, wenn ich im Supermarkt war, stellte ich mir vor, ich würde vor Elfriede hintreten und sie bitten, sie möge mir ihre Kinderfotos zeigen, von denen sie bestimmt ein paar in der Handtasche mit sich herumtrug. Und ich war sicher, sie würde die Fotos hervorholen, und ich war außerdem sicher, wir würden uns beim Betrachten der Bilder gut amüsieren. Plötzlich bemerkte ich, daß einer meiner Backenzähne wackelte. Ich empfand eine leichte Beunruhigung und wollte mir sofort mit dem Spiegel in den Mund sehen. Da fiel mir ein älterer Mann mit langsamen Bewegungen auf. Zwischen Hemd und Hosenbund schaute der weiße Rand seiner Unterhose hervor. Es sah ein bißchen so aus, als sei sein magerer Körper auf die zusammenhaltende Kraft der Unterhose angewiesen, derer er sich jetzt versicherte, indem er mit den Fingern seiner rechten Hand prüfend am Gummibund der Unterhose entlangfuhr. Das Bild beeindruckte mich, und ich überlegte kurz, ob ich Wischinski darauf aufmerksam machen sollte. Statt dessen redete ich darüber, daß ich mir eine neue Hose kaufen wollte.

Am besten ist, sagte Wischinski, du gehst in ein Kaufhaus und kaufst dir eine.

Ich mag Kaufhäuser nicht, sagte ich.

Ich weiß, sagte er.

Woher?

Man sieht es dir an.

Man sieht es mir an? fragte ich und verstummte.

Plötzlich erbot er sich, für mich eine Hose zu kaufen. Ich war verblüfft und schwieg erneut.

Du hast ungefähr meine Größe, sagte er, außerdem weiß ich schon lange, daß du nur dunkle Hosen trägst. Wenn die Hose zu klein oder zu groß ist, tausche ich sie für dich um. Hast du Geld dabei?

Ja, sagte ich.

Dann gib mir hundertfünfzig Mark, mehr brauche ich nicht. Ich verschwinde, du stellst dich hier an den Haupteingang und wartest. Nach ungefähr fünfzehn Minuten bin ich mit einer neuen Hose zurück.

Genau so geschah es. Wischinski kehrte sogar früher zurück. Nach etwa zwölf Minuten überreichte er mir eine Plastiktüte mit einer neuen Hose und das Restgeld. Ich war halb nervös und halb zufrieden, nein, eher halb erregt und halb erstaunt, nein, wahrscheinlich doch nur halb verblüfft und halb beschämt. Und wollte die Hose gleich anprobieren. Ich bedankte mich bei Wischinski, verabschiedete mich und fuhr nach Hause. Die Hose paßte. Es war eine unauffällige, dunkelblaue Hose, die mir nur jemand gekauft haben konnte, der seit vielen Jahren beobachtet hatte, in welchen Hosen ich mein Leben zubrachte. Ich ging in der neuen Hose ein wenig in der Wohnung umher, ich setzte mich dahin und dorthin und war mit der Anschaffung einverstanden. Als ein Anflug von Sympathie für Wischinski durch mich hindurchzog, wehrte ich mich nicht. Ich war viel zu froh darüber, daß es mir ab sofort wieder erlaubt war, mich für Hosen nicht interessieren zu müssen.

Es war Juli geworden; kreidige Luft stand zwischen den Häusern wie in einem zu lange nicht gelüfteten Klassenzimmer. In irgendeinem Hinterhof tönte eine Kreissäge. Ihr rasendes Sirren klang, als würde die ganze Welt immer von neuem entzweigeschnitten. Dann schlug jemand lange Nägel in Holzbohlen ein, und durch dieses Geräusch wurde die eben auseinandergefallene Welt wieder zusammengehauen. Seit Tagen lag auf einem Garagendach ein einzelner Stöckelschuh, der mir gut gefiel. Ich sah ihn jeden Tag mehrmals an und überlegte, ob der Schuh von einem Mann oder von einer Frau herabgeworfen war und warum. Im Winter wurden niemals Schuhe aus dem Fenster geworfen, ich wußte nicht warum. Ich wartete darauf, daß es regnete. Dann würde der Schuh in einer flachen Pfütze liegen und an Ausdruck erheblich gewinnen. Von meinem vorderen Fenster aus sah ich am Spätnachmittag einzelne Frauen, die einen halben Tag lang in einem Park gelegen hatten und jetzt wankend und halb betäubt nach Hause gingen. Manchmal mit einem Kind an der Seite, das ebenfalls wankte. Die Sonne schien fast jeden Tag und weckte in mir den Wunsch nach schuldlosen Beschäftigungen und ebensolchen Gedanken. Ich hatte beschlossen, Wanda auf das Geburtstagsfest des Privatdozenten mitzunehmen, und Wanda hatte zugesagt. Was mir an Wanda inzwischen am meisten gefiel, war ihre Fähigkeit, klaglos durch die Welt zu gehen. Fast täglich betrachtete sie, genau wie ich, Drogenabhängige, Alkoholiker, Arbeitslose, Motorradfahrer und endgültig verstummte Sozialhilfeempfänger, die mit schwammartiger Traurigkeit in die Schaufenster blickten. Ich empfand sie wie Leute, die kurz zuvor hingefallen waren. Sie waren nicht hingefallen, sie sahen nur so aus. Trotzdem wollte ich auf sie zugehen und fragen: Haben Sie sich verletzt? Und ich war sicher, sie würden sofort über ihre Stürze reden. Wanda sah all diese Bilder und hielt der in ihnen anwachsenden Trostlosigkeit stand, ich wußte nicht wie. Ich sah von der Seite dann und wann zu ihr hin und dachte: Jetzt muß sie doch kommen, die Generalattacke auf die niederträchtige Gegenwart, aber sie kam nicht, jedenfalls nicht von Wanda. Sie entstand höchstens in meinem Inneren, wollte zuweilen nach draußen, aber ich drängte sie dann doch zurück, weil ich mich an Wandas Beherrschtheit offenbar schon orientierte. Ich hatte damit zu tun, nicht in neue lächerliche Situationen zu geraten, was mir nicht immer gelang. Am Abend lockerten sich an meiner Jacke gleich zwei Knöpfe. Ein wackelnder Zahn allein wäre vielleicht nicht lächerlich gewesen, aber ein loser Zahn *und* zwei sich lösende Knöpfe? Gab es zwischen diesen beiden Vorgängen einen Zusammenhang oder eine Bedeutung? Ich wußte, es gab keinen Zusammenhang und keine Bedeutung, und doch stellte ich immerzu Zusammenhänge und Bedeutungen zwischen Zähnen und Knöpfen her. Vor allem beschäftigte mich die Frage, was zuerst verschwinden würde, der Zahn oder die Knöpfe. Ich war nicht geübt im Annähen von Knöpfen, im Gegenteil, einen für diese Tätigkeit unfähigeren Menschen als mich gab es nicht. Ich wollte nicht einmal vor mir selber zugeben, daß es lockere Knöpfe gab. Sie erinnerten mich an Nachkriegsweihnachten und Stummfilmabenteuer in Vorstadtkinos, an deren Verkommenheit ich nicht erinnert sein wollte. Ich überlegte, ob ich Wanda bitten sollte, aber die Angst vor Vertraulichkeit hielt mich zurück. Außerdem hätte ich dann vielleicht mit Wanda über Lächerlichkeit sprechen müssen, was mir ebenfalls verfrüht erschien. Statt dessen spielte ich schon mit den beiden losen Knöpfen und überlegte dabei, ob Lächerlichkeit aus beginnender Selbstvernachlässigung hervorging. Und die Vernachlässigung aus langsam anwachsendem Überdruß? Und der Überdruß, wo kam der her? Ich gab das Denken auf. Und doch fiel mir kurz darauf zum ersten Mal eine Unterscheidung ein, die ich für brauchbar hielt. Ich trennte Außenlächerlichkeit (wenn andere über mich lachten) von der Innenlächerlichkeit (wenn nur ich über mich lachte). Mit der Innenlächerlichkeit würde ich leben können, mit der Außenlächerlichkeit nicht. Und schon versuchte ich wieder zu denken und zu hoffen. Wie schön das Leben wäre, wenn es nur Innenlächerlichkeit gäbe! Dann gäbe es nur ein allgemeines inneres Gelächter, das auf alle Menschen gleichmäßig verteilt wäre und das deswegen niemanden kränken könnte. Und es wäre erlaubt und möglich, sich mit jedermann ohne jede Vorerkundigung über Lächerlichkeit auszutauschen, ja, es wäre sogar möglich, Lächerlichkeit nach Motiven zu untersuchen und die Momente ihrer Erfahrbarkeit zu ordnen. Und es wäre sogar denkbar, die Erscheinungen des Alltags (das Arbeiten, das Reden, das Lieben, das Essen, das Wohnen) sofort und unmittelbar lächerlich zu finden, ohne ein halbes Leben lang darauf warten zu müssen, bis sich all diese Regungen durch sich selbst blamiert hatten. Welch ein herrliches, endgültig freies Leben! Augenblicksweise geriet ich in ein inneres Schwärmen und vergaß, daß ich nur dachte. Erst der Wiederanblick des Stöckelschuhs auf dem Garagendach holte mich in die Unbeweglichkeit des Wirklichen zurück, die ich voll unangenehmer Routine anerkannte. Das heißt, ich beschloß, über die Lächerlichkeit vorerst zu schweigen und mich zu bemühen, sie nicht nach außen treten, sie für andere nicht kenntlich werden zu lassen. An einem Mittwochabend gegen halb neun fuhren Wanda und ich mit der Straßenbahn zum Geburtstagsfest des Privatdozenten. Wanda kannte Dr. Wolters nicht, sie war gespannt auf die Leute und die Atmosphäre. Das Fest fand in einem Obstgarten statt, in dem Dr. Wolters als Kind gespielt hatte. Wir fuhren bis knapp an die Stadtgrenze. Linker Hand erstreckte sich ein riesiges Schrebergartengelände, das in der Mitte von einem breiten Weg geteilt war. Auf dem Gewann Nr. 47 trafen sich Dr. Wolters Geburtstagsgäste. Es waren ältere Assistenten, andere Privatdozenten und akademische Räte, die ich fast alle kannte. Sie hatten ihre Freundinnen und Ehefrauen dabei, von denen viele als Psychologinnen und Lehrerinnen arbeiteten. Dazwischen standen ein paar vereinzelte Künstler, Journalisten und Freiberufler. Wischinski war auch da und grüßte zu mir herüber. Ein paar kleinere Kinder liefen umher und versteckten sich hinter den Beinen der Männer. Der Garten schien vernachlässigt, an einigen Stellen fast verwahrlost. Dr. Wolters hatte Plastikstühle und Holzkisten aufgestellt, die bei weitem nicht ausreichten. Ich trug, wie telefonisch angekündigt, meine alte Hose. Ich redete, schüttelte Hände und stellte Wanda vor. Aus anderen Schrebergärten erhoben sich Rauchfahnen. Irgendwo mußte es ein Planschbekken geben, in das unablässig Kinder hineinsprangen. Am hinteren Ende des Gartens stand eine Holzhütte, davor ein Tisch. Die Freundin von Dr. Wolters, eine schüchterne Verwaltungsangestellte, hob eine rote, eine blaue und eine grüne Plastikschüssel auf den Tisch. In der roten Plastikschüssel befand sich Nudelsalat, in der blauen Gurkensalat und in der grünen Kartoffelsalat. Auf einem kleinen Tisch war die ganze Armseligkeit der Universität versammelt. Zum Glück hatten Wanda und ich keinen Hunger. Ich verfiel in meinen alten Fehler, alle Leute, die dummes Zeug redeten, etwas zu lange anzuschauen. Dr. Wolters nannte die Universität ein Arbeitslosenzwischenlager, was großes Gelächter hervorrief. Die Verwaltungsangestellte schaffte mehrere runde Brote herbei und verteilte sie neben den Plastikschüsseln, dazu einige Kanten Käse, Pappteller und Plastikgeschirr. Eines der Kinder aß sofort eine Portion Nudelsalat auf und sagte dann zu seiner Mutter: Jetzt bin ich viel satterer. Die Mutter war begeistert und rief mehrmals aus: Habt ihr gehört, wie sprachschöpferisch mein Kind eben war. Eine andere Frau hob eines der Brote in die Höhe, stemmte es sich zwischen die Brüste und schnitt mit einem langen Messer sorgfältig eine Scheibe herunter. Die ganze Zeit wurde ich das Gefühl nicht los, daß ich jederzeit wußte, was im nächsten Augenblick passieren würde. Es war diese Übervertrautheit mit Gesichtern, Gesten und Redeweisen, die ich nicht mehr gut vertrug. Aber es war nur ein Gefühl, von dem ich wußte, daß es schon zehn Minuten später umschlagen konnte. Dann mißtraute ich meiner eigenen Vertrautheit so sehr, daß sie mir wieder fremd wurde. Ich konnte Wischinski kaum anschauen, ohne sofort an meine immer mehr verschwindende Absicht zu denken, die Stadt sofort und für immer zu verlassen. Um mir zu helfen, dachte ich an die Kassiererin Gundel, von der ich wußte, daß sie ein Kind hatte, das manchmal sogar in den Supermarkt kam und sich von ihr streicheln ließ. Gundel traute ich zu, daß sie eines Tages die Kassen des Supermarkts leerte und nach irgendwohin durchbrannte. Nach einiger Zeit würde sie von der Polizei gefaßt werden, wieder in den Supermarkt zurückkehren und ein halbes Leben lang ihre Schulden abzahlen. Gundel hätte vermutlich mit mir sympathisiert, wenn sie je erfahren hätte, daß auch ich gerne und radikal verschwunden wäre und dazu ebensowenig talentiert war wie sie. Wahrscheinlich würde ich es nicht schaffen, der Stadt den Rücken zu kehren. Ich mußte mich darauf einstellen, daß ich immer wieder zu unerheblichen Gartenfesten eingeladen wurde und daß immer mal wieder ein Wischinski auf mich zutrat. Diesmal sagte er, daß er an einem erstklassigen Projekt arbeite, an einem neuartigen Stadtplan mit individuellen Fluchtwegen und Notausgängen, den er dem städtischen Kulturamt verkaufen wolle.

Es ist viel zuwenig bekannt, sagte Wischinski, wie wir aus Kaufhäusern und Fußgängerzonen rasch verschwinden können, wie wir Schulen, Ämter und Sportstadien verlassen können, außerdem Parks und Rummelplätze und Stadtteilfeste, all diese Orte, die immerzu überfüllt und gefährlich sind. Deswegen wird mein Fluchtstadtplan auf Interesse stoßen, willst du nicht mitmachen?

Ich schwieg und starrte in die inzwischen halb leer gegessene Plastikschüssel mit Gurkensalat, erwog sogar, mir rasch eine Portion zu nehmen, weil mich die Tätigkeit des Salat-aus-der-Schüssel-Nehmens vom unmittelbaren Reagieren auf Wischinski befreien würde. Aber da trat zum Glück Wanda an mich heran und zog mich zur Seite. Sie klagte über Rückenschmerzen und wollte sich setzen. Wir gingen eine Weile am Zaun entlang und fanden ein Grasstück, auf dem wir uns ausstreckten. Ahh, sagte Wanda, ich bin froh, daß ich eine Frau bin und liegen darf. Sie lachte über ihren Satz, brach das Lachen jedoch rasch ab.

Es kann sein, sagte sie, daß ich die Tanzerei bald werde aufgeben müssen.

Wäre das schlimm? fragte ich.

Ja.

Warum?

Natürlich habe ich nie angenommen, daß ich eines Tages als Tänzerin würde arbeiten können. Die Ballette werden aufgelöst, die Theater sind tot.

War es nicht schon immer schwer, an ein Ballett zu kommen?

Leicht war es nie, sagte sie, aber früher war es nicht völlig ausgeschlossen. Leider sind seit einiger Zeit die Theater zugemauert wie Gefängnisse und Irrenanstalten. Aber das ist es gar nicht, was mich bedrückt. Ich muß nicht unbedingt zum Theater. Aber wenn die Rückenschmerzen stärker werden und ich nicht mehr tanzen kann, werde ich die Idee meines Doppellebens aufgeben müssen. Das ist es. Verstehst du?

Ich nickte.

Wanda setzte sich wieder auf.

Wenn ich nicht zweimal in der Woche tanze, sagte sie, werde ich vor mir selber nur noch eine Bürokraft sein, und ich weiß nicht, wie ich das aushalten soll.

Wir beobachteten eine junge Katze, die einer Fliege nachjagte, ohne sie fangen zu können. Vor Erregung zuckten ihre Ohren. Es gelang ihr immer wieder, die Fliege mit den Pfoten zu berühren. Aber sie konnte die Pfoten nicht dicht genug schließen, die Fliege entkam ihr immer wieder. Langsam senkte sich die Nacht herab. Der Himmel war dunkelblau und weltabweisend schön. Die Stimmen ringsum waren leiser geworden, das eine und andere Grillfest in den Nachbargärten war schon zu Ende. Auf den verwilderten Grundstücken jenseits der Gärten, in den Auen und Brachflächen lebten viele Vögel. Wanda war sicher, inmitten des Gezwitschers einzelne Nachtigallen heraushören zu können.

Es sind Männchen, die kein Weibchen gefunden haben, sagte Wanda; sie müssen den ganzen Sommer lang singen, um ihr gebrochenes Herz auszuheilen.

Glaubst du das wirklich?

Unser Vater hat uns das immer erzählt, sagte Wanda.

Wir lachten. Ich half Wanda auf die Beine, und nach kurzer Zeit verließen wir Dr. Wolters Geburtstagsfest.

Im Foyer des Krankenhauses spürte ich an Wandas plötzlich verändertem Schritt, daß sie strauchelte. Dicht neben der Pförtnerloge blieben wir stehen. Ich nahm an, Wanda wollte etwas sagen, aber dann blieb sie doch zunächst still und starrte auf die Männer in Bademänteln und Schlafanzügen, die vor unseren Augen vorüberschlurften. Einige von ihnen wurden von Frauen gestützt, andere gingen an Krücken, wieder andere lehnten an der Wand, schauten auf den Boden und warteten auf irgend etwas.

Laß uns umkehren, sagte Wanda, ich kann meinem Vater nicht beim Sterben zuschauen.

Erst jetzt fiel mir auf, daß der Pförtner auf einen winzigen Fernsehschirm starrte. Ich war dankbar, daß er nicht den Blick hob. So entging ihm, daß Wanda Feuchtigkeit in die Augen stieg und ein leichtes Zittern über ihre Lippen huschte. Ich führte Wanda zu einer hölzernen Sitzbank an der Wand links.

Soll ich allein zu ihm gehen? fragte ich.

Aber du kennst ihn doch gar nicht.

Kriegt er denn noch mit, wer ihn besucht?

Nein.

Hauptsache, er merkt dann und wann, daß jemand da ist.

Und ich? Was mache ich?

Du bleibst hier und wartest auf mich.

Das beschämt mich.

Dann gehst du nach draußen und kommst nach ungefähr einer halben Stunde hierher zurück.

Wanda überlegte kurz und sagte dann: Gut.

Sie nannte mir die Nummer des Krankenzimmers, dann verabschiedeten wir uns.

Das Sterbezimmer von Wandas Vater lag am Ende eines rondellartigen Anbaus im Erdgeschoß. Als ich die Tür öffnete, erschrak ich leicht, weil ich zwei Frauen sah, mit denen ich nicht gerechnet hatte. Vermutlich waren es die beiden Schwestern des Vaters, von denen Wanda schon erzählt hatte. Es waren zwei Frauen zwischen fünfundsechzig und fünfundsiebzig Jahren, die gemeinsam aufschauten, als ich die Tür öffnete. Zuerst hatte ich die Absicht, stumm zu bleiben und mich einfach irgendwo hinzusetzen. Aber dann hielt ich den Blicken der Frauen nicht länger stand und gab mich als früheren Arbeitskollegen des Vaters aus. Damit waren die Frauen zufrieden. Ich nahm mir einen Stuhl und setzte mich neben die Frauen. Minutenlang konnte ich nicht glauben, daß der Mann, der vor mir nahezu reglos im Bett lag, Wandas Vater sein sollte. Ich suchte eine Weile nach Ähnlichkeiten, fand aber keine. Eine der Frauen hob ihren Körper kurz an und sagte: Fritz, ein Kollege von dir ist da. Von Wanda kannte ich den Namen des Vaters, und erst jetzt war ich ganz sicher, daß ich neben dem richtigen Bett saß und dem Sterben des richtigen Mannes beiwohnte, jedenfalls für eine Weile. Er reagierte nicht mehr auf Anreden. Sein Körper war mit einem dünnen weißen Tuch abgedeckt, das ihm bis zum Kinn reichte. Entweder war ein flaches kurzes Atmen von ihm zu hören oder ein längeres Stöhnen. Manchmal fiel die Zunge in den Rachen zurück, und es entstand ein gleichmäßiges Röcheln. Einmal schien es, als würde das Röcheln in ein Schnarchen übergehen und als würden wir nur auf das gewöhnliche Aufwachen eines Schlafenden warten. Eine der Frauen faßte sich an den Rükken und sagte: Das Kreuz. Ja, das Kreuz, sagte die andere Frau. Dann unterhielten sie sich über ein Handtuch, das neben dem Waschbecken hing und kein Handtuch von Fritz war. Aber wem gehörte es dann? Hatte es ein anderer Patient vergessen oder nicht mehr mitnehmen können, weil er vorher verstorben war? Ich betrachtete die stumpfen und gleichzeitig äußerst ausdrucksvollen Übergardinen, deren brauner Farbton immer neu die Müdigkeit der letzten Stunden ausdrückte. Überhaupt übernahmen die Dinge die Darstellung der Situation. Am besten wurde sie ausgedrückt von einem kleinen Tisch, der in der hinteren linken Ecke stand. Ein rosa Deckchen lag auf der Tischplatte, auf der Decke war ein Teller abgestellt und auf dem Teller lagen eine halbe Scheibe Brot und zwei oder drei Salatblätter. Die Reste sahen aus wie die Mahlzeit von jemand, der buchstäblich während des Essens weggestorben war. Dabei war in jeder Sekunde klar, daß die Dinge nur die ruhige Anschaubarkeit von etwas übernahmen, was sich von Menschen nicht betrachten ließ. Auch mir gelang es nicht, das hoch aufragende Kinn des Vaters, seine ein wenig schlotternden Wangen und den weißlich-seifigen Schaum in seinen Mundecken länger anzuschauen. Im Gegenteil, ich brachte nur kurze schweifende Blicke zustande, und auch diese nur, wenn ich mir dabei selber versicherte, daß ich bald wieder gehen würde. Hast soviel durchmachen müssen, sagte einmal halblaut eine der Schwestern in Richtung Bett. Am besten gefielen mir die Sandalen des Vaters, die wie Kinderschuhe ordentlich unter dem Bett standen. Vermutlich wurden sie nicht mehr gebraucht, obgleich von ihnen die größte Lebendigkeit ausging. Es waren alte Schuhe, die immer wieder repariert worden waren. Sie erinnerten mich an meinen eigenen Vater, der seine Schuhe so lange getragen hatte, bis sie eines Tages beinahe von selbst auseinanderfielen. In unserer Familie war es üblich, daß ich dem Vater, wenn er in die Wohnung zurückkehrte, die Schuhe auszog. Der Vater ließ sich auf dem Sofa nieder, streckte die Beine aus und wartete wortlos, bis ich vor ihm niederkniete und ihn von seinen Schuhen befreite. Ich war damals jung und fand nur Dinge schön, die ganz neu waren. Den alten Schuhen des Vaters war ich deshalb ablehnend, ja feindlich gesonnen. Eines Tages fiel mir auf, daß meine Spielkameraden über meinen Vater lachten, wenn er abends von der Arbeit nach Hause kam. Vermutlich lachten sie über die schwankende Weise seines Gehens, vielleicht lachten sie über seine ausgetretenen Schuhe oder überhaupt über seine wenig modische Kleidung. Oder sie lachten über die übertriebene Art, mit der er beim Gehen seine Aktentasche hin- und herschwenkte. Das Lachen meiner Freunde stieß mich ab, aber nicht ganz und gar. Denn auch ich nahm Anstoß an meinem Vater, und deswegen war ich zumindest momentweise damit einverstanden, wenn er ausgelacht wurde. Zum Glück drang der Inhalt dieser Kindereien nicht in den Sinn meines Vaters. Er trottete nach Hause und merkte nicht oder es war ihm gleichgültig, daß ein paar um ihn herumhopsende Jungen und Mädchen lachten. Und bald (Vater kaufte sich einfach keine neuen Schuhe) war ich ein bißchen mehr damit einverstanden, daß er öffentlich ausgelacht wurde. Ich verriet meinen Spielkameraden, daß die ohnehin lächerliche Aktentasche des Vaters so gut wie leer war und daß sie deshalb mit noch viel mehr Grund über ihn lachen konnten. Er brachte Tag für Tag nur sein sorgfältig zusammengelegtes Butterbrotpapier und seine leere Thermosflasche nach Hause zurück. Tatsächlich gelang es mir mit diesen Details, das Vergnügen meiner Spielkameraden an der Erscheinung des Vaters zu verstärken und meinen eigenen Affekt in ihrem Gelächter zu verstecken. Die Erinnerung gefiel mir sehr. Ich verdankte sie Wandas sterbendem Vater beziehungsweise seinen Sandalen. Ich war jetzt sicher, es könnte mir gefallen, von Zeit zu Zeit einen fremden Todkranken zu besuchen und ihm eine Weile beim Sterben zuzuschauen. In den Echos der von ihm herbeigerufenen Bilder verfloß meine eigene Lebenszeit angenehm unbemerkt, ja fast ungelebt.

Es gehörte nicht zu meinen Gewohnheiten, die Abendzeitung zu lesen. Aber an diesem Spätnachmittag fiel mein Blick auf die Schlagzeile VERLACHT, BESCHIMPFT, GESCHLAGEN, die ich nicht unbeachtet lassen konnte. Soso, dachte ich, zuerst wird man also verlacht, dann beschimpft und dann geschlagen. Ich wollte sofort wissen, wie es zu diesem Verlauf gekommen war und wer ihn hatte erdulden müssen. Ich kaufte dem Zeitungsjungen ein Exemplar ab und suchte nach einem kleinen Lokal, wo ich den Bericht ungestört lesen wollte. Aber es gab in der Nähe nur ein großes Speiserestaurant, das mir nicht gefiel. Ein Hund ging vorüber und tappte auf ein paar Schalrindenstücke, die von den Stämmen der Platanen herabgefallen waren. Jedes von dem Hund betretene Stück Rinde zerbrach, und es entstand dabei ein weiches bröckelndes Geräusch, das mich an das Brechen des Zwiebacks in meiner Kindheit erinnerte. Leider verschwand der Hund viel zu rasch. Statt seiner trat ich eine Weile mit der rechten Schuhspitze auf herabgefallene Rindenstücke. Ich wunderte mich, daß die Sanftheit des Geräuschs trotz des Verkehrslärms gut zu hören war. Auf der anderen Seite der Straße lag ein verkommener Spielplatz, von dem schon lange keine Reize mehr ausgingen. Ein paar Spatzen pickten in verdorbenen Lebensmitteln, die seitlich in die Büsche geschüttet worden waren. Ein paar vernachlässigte Kinder kamen vorbei und kickten leere Bierdosen umher. Ich betrachtete die Kinder und fragte mich, ob sie sich den Spielplatz ähnlich gemacht hatten oder ob der immer schon heruntergekommene Spielplatz nur ebenso heruntergekommene Kinder anzog. Aus einem offenen Fenster drang der Duft gebratener Fische. Ich schätzte diesen Dunst, weil er mich an Ferne und endgültige Abwesenheit erinnerte. Zugleich beeinträchtigte mich der Geruch einer Banane, die ein an mir vorübergehendes Schulmädchen aß. Vielleicht störte mich auch nur das gewöhnliche Mißverhältnis meiner inneren Eile zu meiner äußeren Langsamkeit. Das Unpassende und Unzusammenhängende allen Lebens zog in mich ein oder aus mir heraus, die reine Merkwürdigkeit. Da sah ich Elisabeth. Sie hatte einen kleinen Hund bei sich, den sie an einer Leine führte. Vor etwa zehn Jahren, noch bevor ich Edda kannte, hatte ich sie einmal umworben und war von ihr abgewiesen worden. Ich wußte nicht mehr, warum sie nichts von mir wissen wollte. Es fiel mir allerdings auch nicht mehr ein, warum ich sie damals begehrt hatte.

Seit wann hast du einen Hund, rief ich aus.

Mit gestrecktem Arm und gestrecktem Zeigefinger deutete Elisabeth auf den Gehweg, und ich sah, daß der Hund einen Haufen auf die Straße gesetzt hatte, was Elisabeth zu peinigen schien. Sie suchte in ihrer Handtasche nach einem Papiertaschentuch. Im stillen war ich ein wenig erschüttert, weil sie stark gealtert war. Über ihren Augenlidern hatte sich die Haut gefältelt. Elisabeth redete ein bißchen mehr und schneller als damals, auch ein wenig feuriger, und sie blickte mich beim Reden öfter an. Ich merkte, daß sie mir immer noch gefiel. Ihr Reden brachte eine gewisse Weichheit in mir hervor. Wie zärtlich es ist, wenn eine Frau mit den Resten einer ihr einmal zugedachten Zuneigung spielt! Ich war eine Spur verwirrt und gab ihr ein Papiertaschentuch.

Ich bin fertig, aber total, sagte Elisabeth.

Ist das gar nicht dein Hund?

Doch, sagte sie, aber ich habe nicht erwartet, wie mich das aufreibt.

Elisabeth öffnete das Papiertaschentuch und legte es sich tellerartig auf das Handinnere. Mit der abgedeckten Hand umfaßte sie vorsichtig den Hundehaufen und hielt ihn seitlich von sich weg. Mit umherflackernden Blicken suchte sie nach einem Papierkorb, fand aber keinen. Ich sagte ihr nicht, daß sich ganz in der Nähe, hinter einem Kiosk, ein Papierkorb befand. Ich wollte Elisabeth noch eine Weile dabei zuschauen, wie sie mit einem Hundehaufen in der Hand suchend neben mir herging, zugleich aber weiter den Hund beobachtete, weil sie offenkundig Angst hatte, er könne vielleicht noch einen Haufen zurücklassen. Da war ihre kleine Not zu Ende. Im Eingangsbereich eines Kinos auf der anderen Straßenseite sah sie einen großen Abfallkübel, den sie sofort ansteuerte. Ich blieb stehen und sah ihr dabei zu, wie sie den Hundehaufen in den Kübel warf.

Entschuldigung, tschüs, rief sie über die Straße und verschwand.

Links, dicht neben dem Eingang eines Bürohochhauses, lag ein mittelgroßes Bistro. Es hatte gelbe Wände, gelbe Lampen, gelbe Stehtische, gelbe Barhocker und eine gelbe Theke. Als auch noch die Frau hinter der Theke eine gelbe Phantasieuniform trug, schämte ich mich für sie und wollte weitergehen. Andererseits wollte ich den Artikel lesen. Ich betrat das Lokal, bestellte einen Kaffee und einen Cognac und legte meine Zeitung auf einem der Stehtische ab. Ein höchstens zwanzig Jahre alter Gehilfe, ein Asiate, ging umher und wischte die Tische ab. In der linken Hand trug er eine Wasserpistole für die Entstaubung der Pflanzen, in der rechten einen großen blauen Lappen für die Tische. Ich sah, wie ich mir einbildete: auffällig, an meiner Jacke herab und stellte fest, daß die beiden losen Knöpfe noch nicht *erkennbar* lose waren. Wieder fragte ich mich, ob und wann ich auch für andere lächerlich sein würde und ob ich mich dann vor Beschimpfungen und vielleicht sogar vor Schlägen zu fürchten hätte. Die Frau in der gelben Phantasieuniform kam an meinen Tisch und brachte mir Kaffee und Cognac. In diesen Augenblicken erinnerte ich mich an eine Szene aus meinem Elternhaus. Es war schon spät, die Eltern saßen – die Mutter im Nachthemd, der Vater im Schlafanzug – in der Küche. Plötzlich wollte Mutter die abgerissenen Knöpfe an der Schlafanzugjacke des Vaters wieder annähen. Der Vater weigerte sich, die Schlafanzugjacke deswegen noch einmal abzulegen. Dazu sei er, sagte er, viel zu müde. Dann läßt du die Jacke eben an, sagte die Mutter und näherte sich ihm mit Nadel, Faden und ein paar Knöpfen, die sie zuvor aus der Kommode geholt hatte. Tatsächlich blieb er ruhig sitzen und ließ sich ein oder zwei Knöpfe an die nicht abgelegte Schlafanzugjacke wieder annähen. Aber nach zwei Knöpfen verlor er die Geduld, erhob sich und verschwand im Schlafzimmer. Mutter blieb mit ihrem Nähzeug zurück und begann zu weinen. Ich saß nebenan im Wohnzimmer vor dem Fernsehapparat und hörte Mutters Schluchzen. So ist er immer, sagte sie, als ich in die Küche eintrat. Er haut einfach ab! sagte sie zweimal. Er haut nicht ab, sagte ich, er geht nur ins Bett. Es gelang mir nicht, sie zu beruhigen. Nach einer Weile setzte ich mich wieder vor den Fernsehapparat. Allein in der Küche sagte sie: Er haut einfach ab. Und allein im Wohnzimmer sagte ich: Er geht nur ins Bett. Nach ein paar Minuten beendete Mutter ihr nächtliches Schluchzen und legte sich ebenfalls ins Bett. Ein Japaner betrat das Lokal und ließ sich an der Theke einen Becher Mineralwasser geben. Er stellte den Becher auf einem Stehtisch ab und besorgte sich aus dem hinteren Teil des Lokals den einzigen Stuhl, den es hier gab. Den Stuhl schob er an seinen Stehtisch heran und setzte sich. Der sitzende Japaner reichte mit dem Scheitel nur knapp an die Unterseite des Stehtisches heran. Im Augenblick, als er zum ersten Mal nach oben griff und seinen Pappbecher herunterholte, ging eine beträchtliche Lächerlichkeit von ihm aus. Zugleich bewunderte ich die Gelassenheit des Mannes. Vermutlich konnte er sich die Unmöglichkeit nur leisten, weil ihn hier niemand kannte. Deswegen durfte ihn jedermann komisch finden, obwohl auch das niemand tat. Dennoch durchzuckte mich der Drang, den Fremden vor seiner Lächerlichkeit schützen zu wollen. Lächerlichkeit entsteht durch zu langes Hinsehen, dachte ich, durch die törichte Dehnung der Blicke. Ich muß mich zur Flüchtigkeit erziehen, zur umherschweifenden Undeutlichkeit, die keine präzisen Wahrnehmungen hervorbringt. Eben trat der asiatische Aufwischmann an meinen Tisch und begann, die Platte zu säubern. Erst aus der Nähe erkannte ich, daß der Aufwischmann eine Frau war. Ihr hartes Gesicht und die kurzen Haare hatten mich getäuscht. Ich überlegte, ob ich mir nicht schon längst einen undeutlichen Blick angeeignet hatte. Ich wollte fliehen, weil mir der Tag zu kompliziert geworden war. Doch dann hob ich die Tasse, das Cognacglas und die Zeitung, damit die Frau die Platte besser säubern konnte.

Am Frühabend rief Wischinski an. Er schilderte erneut das Projekt seines Fluchtwege-Stadtplans und warb um meine Mitarbeit.

Du als Stadtkenner bist der beste Mann für diese Arbeit, sagte er.

Angeblich hatte sich das Kulturamt schon für das Projekt entschieden und bereits ein Teilhonorar bezahlt. Ich merkte, daß Wischinski wieder log, aber sonderbarerweise war ich nicht darüber empört. Ich empfand sogar ein gewisses Vergnügen an seiner Haltlosigkeit. Ich lockte ihn mit ein paar Bemerkungen, die ihn dazu aufreizten, in der Manier eines bereits gesicherten Erfolgs weiterzureden.

Eigentlich ist der Stadtplan fast fertig, sagte er, es gibt nur ein paar blinde Flecken, für die ich dein Spezialwissen brauche.

Plötzlich empfand ich Neugierde auf die Wohnung eines Aufschneiders. Ich wollte wissen, wie das Arbeitszimmer eines sich fast immer vergaloppierenden Schwadroneurs aussah, wenn es ein solches gab.

Ich komme vorbei, sagte ich.

Eine Viertelstunde später war ich in der Hermannstraße 17, wo Wischinski im dritten Stock eine Zwei-Zimmer-Wohnung hatte. Wischinski war freundlich und wies mit gestreckten Armen in beide Zimmer gleichzeitig. Ich war unschlüssig und blickte in beide Räume, die einander stark ähnelten. In beiden Zimmern stand vorne, in Fensternähe, eine Art Schreibtisch, und im Bereich der Türen je eine Couch beziehungsweise ein halb abgedecktes Bett. Zwischen den Schreibtischen und den Liegestätten waren mehrere Wäschehaufen zu sehen, kleinere und größere, zum Teil gegen die Wände angelehnt. Dazwischen, teilweise auch auf der Wäsche liegend, Zeitungsstapel, aus denen einzelne Briefe und andere Papiere hervorschauten, außerdem aufgeschlagene Broschüren und Bücher. Auf dem Boden da und dort benutzte Tassen und Schreibgeräte. An den Schreibtischen war offenkundig lange nicht gearbeitet worden, sie dienten als Ablageflächen. Ich sah umher, ich wußte nicht, ob ich erschrocken war oder nicht und ob es nicht besser war, gleich wieder zu gehen. In diesen Sekunden überraschte mich ein Tagtraum, der mich an Wischinskis Wohnung fixierte, weil er sich in diesen Zimmern ereignete. Ich stellte mir vor, wie ich mit der Kassiererin Elfriede eines der Zimmer betrat und wie ich die Tür hinter uns schloß und wie wir uns mit ein paar schnellen Bewegungen unserer Kleidung entledigten. Elfriede war die einzige Kassiererin, die mich zuweilen mit Blicken anschaute, über die ich auch außerhalb des Supermarkts weiterphantasieren konnte. Kaum waren wir ausgezogen, da merkte ich, daß ich Elfriede nicht mochte. Sie war eine starke Raucherin. Jedesmal, wenn ich an ihrer Kasse wartete, roch ich das Nikotin, das längst in ihre Kleidung eingedrungen war. Trotzdem stieg ich mit ihr in Wischinskis Bett. Zum ersten Mal roch ich den Rauch auch in ihrem Haar. Der Tagtraum drang rasch in die Bilder einer erfundenen Intimität vor, vor der mein Bewußtsein gleichzeitig zurückwich. Der Rückzug paßte in die Atmosphäre des Scheiterns, die von diesem Zimmer ausging. Wischinski forderte mich auf, Platz zu nehmen. Er deutete auf das Bett, auf dem soeben mein Tagtraum zu Ende ging. Es verwirrte mich, daß ich jetzt tatsächlich auf dem Bett saß, auf dem ich kurz zuvor mit der Kassiererin Elfriede geschlafen hatte. Wischinski verschwand in der Küche, kehrte mit einer Kanne zurück und schenkte mir eine Tasse Tee ein. Er bückte sich vor einem größeren Zeitungsstapel und stieß mit der flachen Hand in diesen hinein.

Seit Tagen suche ich einen Brief vom Finanzamt, sagte er.

Ich trank Tee und sah im Zimmer umher. Wischinski fand den Brief nicht und gab die Suche offenbar auf.

Was ist das für ein Brief?

Es ist eine Zahlungsaufforderung, allerdings schon die dritte, sagte Wischinski; wenn ich jetzt nicht zahle, werden sie mich pfänden.

Ich wagte nicht zu fragen, ob er denn zahlen könne. Ich stellte meine Teetasse auf dem Fensterbrett ab und zog da und dort einzelne Papiere hervor, ich schichtete kleinere Zeitungsstapel um und fragte zwischendurch, ob dies und jenes (alte Kataloge, alte Telefonbücher, alte Schuhe) nicht entbehrlich sei. Wischinski nickte eifrig und stellte zwei größere Plastiktüten für den Abfall bereit. Es war leicht zu merken, daß ich, während ich den Brief des Finanzamtes suchte, gleichzeitig Wischinskis Zimmer aufräumte. Ich war darüber nicht verwundert und nicht verärgert. Wischinski ging erneut in die Küche und kehrte mit einem großen runden Brotlaib zurück. Er hielt mit der linken Hand das Brot und brach mit der rechten einzelne Brotstücke herunter, die er sich in rascher Folge in den Mund steckte. Nach kurzer Zeit reichte er mir den Brotlaib, was mich als Geste beeindruckte. Obwohl ich keinen Hunger hatte, brach auch ich ein paar Brotstücke herunter. Es wunderte mich nicht, daß mit keinem Wort von Wischinskis Fluchtwege-Stadtplan die Rede war. Zum ersten Mal beeindruckte mich Wischinskis Unfähigkeit. Eine solche Beeindruckung hatte ich niemals für möglich gehalten. An der Art seines kindlichen Stopfens und Kauens war zu sehen, daß er vielleicht noch nie in das Leben hineingepaßt hatte, das er trotz aller Mißerfolge führte. Wenig später entdeckte ich den Brief des Finanzamtes. Er lag zusammen mit alten Gasrechnungen unter dem Bett, auf dem ich saß. Wischinski sah weg, als ich den Brief las. Es war eine Zahlungsaufforderung über rund 6000 Mark. Ich legte den Brief auf das Bett und nahm einen Schluck Tee. Es schien Wischinski nicht peinlich zu sein, daß ich den Brief gefunden und gelesen hatte.

Ich habe eine Bitte an dich, sagte er.

Ich soll dir sechstausend Mark leihen.

Er lachte. Nein, sagte er, würdest du bitte für mich das Finanzamt anrufen und einen Stundungsantrag stellen?

Wie geht das?

Ganz leicht; du rufst an, nennst meine Steuernummer und sagst, du möchtest eine vierteljährliche Stundung und dann eine Ratenzahlung, viermal eintausendfünfhundert über ein halbes Jahr.

Warum machst du das nicht selbst?

Ich bin so verzittert, sagte er.

Die Antwort gefiel mir sehr. Ich las den Brief noch einmal und fragte, was ich als nächstes zu tun habe.

Zuerst rufst du das Finanzamt an und sagst, was ich dir gesagt habe. Dann gehst du hin und holst ein Formular. Das fülle ich aus und schicke es zurück. Das ist alles. Kann ich nicht auch etwas für dich tun? Brauchst du nicht wieder etwas aus dem Kaufhaus?

Doch, sagte ich.

Siehst du.

Ich brauchte neue Rasierseife, zweihundert Blatt Schreibmaschinenpapier und ein neues Uhrarmband.

Und du hast wieder nicht die geringste Lust, ein Kaufhaus oder sonst irgendeinen Laden zu betreten. Sollen wir das nicht gleich erledigen?

Ich überlegte kurz und sagte dann: Guter Gott, ja, von mir aus.

Ich faltete den Brief des Finanzamtes zusammen und steckte ihn ein. Wischinski trank seine Tasse leer und zog Schuhe an. Wir nahmen die Abfalltüten und verließen die Wohnung. Wir liefen an einer Baustelle vorbei und überquerten einen riesigen Parkplatz. Ich beobachtete eine Taube, die unter einem Auto hervortrippelte und unter einem anderen Auto wieder verschwand. Ein älteres Paar, schwere Plastiktüten schleppend, schritt wortlos über den Platz und zwängte sich dann in einen Kleinwagen. Eine nicht mehr junge Frau trug an einem langen Lederriemen eine Kindergartentasche um den Hals. In der linken Hand hielt sie einen Apfel, den sie an ihrem Kleid blank rieb. Momentweise war die starke Bezogenheit des Lebens auf die Dinge spürbar. Wischinski sagte, er hätte plötzlich das Gefühl, schon meine Eltern gekannt zu haben. Ich schwieg, weil mir die Bemerkung eine Spur peinlich war, obwohl sie mir auch gefiel. Wenn ich eine Frau wäre, dachte ich, würde ich vermutlich fürchterlich auf Wischinski hereinfallen. Fast gleichzeitig sahen wir am Südausgang des Parkplatzes den Privatdozenten. Er entdeckte auch uns und kam auf uns zu. Auch er trug eine Plastiktüte, die er uns entgegenhielt.

Ich habe mir gerade ein Paar Winterschuhe gekauft, sagte er. Ich wollte sie eigentlich gar nicht kaufen, aber die Verkäuferin sagte, sie seien wasserdicht, und das hat mich überzeugt.

Mir gefiel das Wort Winterschuhe, das ich schon lange nicht mehr gehört hatte.

Wasserdicht? fragte Wischinski; ich glaube nicht, daß es wasserdichte Schuhe überhaupt noch gibt.

Ach Sie mit Ihrem ewigen Kulturpessimismus, rief der Privatdozent lachend über den Parkplatz.

Wischinski stimmte in das Lachen ein, fragte dann aber mich, wann meiner Meinung nach zum ersten Mal Wasser in die Schuhe eindringen wird.

Wenn es regnet, sagte ich.

Wischinski und Dr. Wolters lachten erneut, und Dr. Wolters sagte zu mir: Dieses Ausweichen ist ganz typisch für Sie.

Ich weiche nicht aus, sagte ich, ich halte es nur für ganz sinnlos, Meinungen zu Problemen zu haben, die von mir nicht eingesehen und von mir nicht entschieden werden können.

Bravo, rief Dr. Wolters, das ist von Wittgensteinscher Rigorosität.

Wischinski ließ nicht locker. Ich wette, spätestens nach einer halben Stunde im Regen ist es soweit, sagte er.

Sie wollen mir nur die Freude an meinen Winterschuhen verderben, sagte Dr. Wolters.

Huhu, machte Wischinski, das ist eine typische Frage für das Institut.

Was für ein Institut? fragte Dr. Wolters.

Das Institut, sagte Wischinski, haben Sie noch nichts von dem Institut für Zeitpunktforschung gehört, das wir demnächst eröffnen?

Institut für Zeitpunktforschung, wiederholte Dr. Wolters.

Ich hatte den Namen eines solchen Instituts nie gehört und schwieg. Der Privatdozent schien meine Stummheit als

Indiz für intimes Bescheidwissen zu deuten und schaute mich an. Ich merkte, Dr. Wolters schloß nicht völlig aus, daß es ein Institut für Zeitpunktforschung wirklich geben könnte und daß Wischinski und ich mit seiner Eröffnung leitend befaßt waren. Das plötzlich Kleinlaute an Dr. Wolters war mir peinlich. Vermutlich war es das Zeichen für seine Überzeugung, zu den wirklich entscheidenden Ereignissen stets zu spät zu kommen.

Das Institut erforscht, sagte Wischinski, welche Zeitpunkte für welche Handlungen die adäquat richtigen sind.

Dr. Wolters richtete den Blick jetzt auf Wischinski und staunte. Ich staunte ebenfalls, freilich aus anderen Gründen und nicht so erheblich wie Dr. Wolters.

Der Kandidat, der ins Institut kommt, sagte Wischinski, muß nach unserer Beratung das Gefühl haben, er kennt jetzt den entscheidenden Augenblick, um dies oder jenes zu tun oder zu lassen.

Einerseits vergnügte es mich, Wischinski über das Institut reden zu hören. Andererseits war klar, daß ich wahrscheinlich sofort etwas tun mußte, wenn ich nicht in eine tückische und vielleicht sogar bösartige Geschichte verstrickt werden wollte. Am besten wäre gewesen, ich hätte Wischinskis Rededrang gebremst oder einfach gelacht. Statt dessen schwieg ich und hörte Wischinski zu.

Um den richtigen Zeitpunkt für eine Handlung herauszufinden, sagte Wischinski, sind gründliche Explorationen des Kandidaten erforderlich. Für diese Arbeit braucht das Institut übrigens noch ein paar Leidbeobachter, wollen Sie sich nicht mal bewerben? Leidbeobachter müssen die innere Hemmungsdauer von Lebenswiderfährnissen abfragen und deuten, das ist eine interessante Aufgabe.

Der Privatdozent war verstummt und schaute reglos auf die Schuhschachtel in seiner Plastiktüte. Das Wort Leidbeobachter setzte neues Staunen und neue Verwunderung frei, besonders bei einem fast stets verdutzten Mann wie Dr. Wolters, der vermutlich irritiert darüber war, daß etwas so Intimes wie Leidbeobachtung plötzlich institutionell betrieben wurde.

Sie können uns ja mal anrufen, sagte Wischinski, wir müssen jetzt weiter.

Wischinski wandte sich zum Gehen und zog mich mit. Die zurückbleibende Verdatterung des Privatdozenten stellte sich besonders deutlich auf einem halbleeren Parkplatz dar. Kaum waren wir außer Sicht- und Hörweite, lachte Wischinski hell gegen die Hauswände.

Das war doch fällig, oder? Ich kann dir nicht sagen, wie sehr mir dieser Dr. Wolters auf die Nerven geht. Jedesmal, wenn ich ihn sehe, redet er über Hegel und Schopenhauer, über die Sprechakttheorie, über die Seinsgelassenheit oder über den unbewegten Beweger! Ich kann's nicht mehr hören! Als könnte man sein ganzes Leben lang immer mit dem gleichen Kochtöpfel im gleichen Topf herumrühren! Grauenhaft! Dieser Bildungskrüppel! Diese Blindschleiche!

Wischinski lachte und schimpfte abwechselnd, momentweise stimmte ich ihm zu, traute mich aber nicht, es laut zu tun. Der Privatdozent hatte mir nie etwas getan, ich schuldete ihm Achtung wie jedem anderen, und doch hatte sich auch in mir ein Gefühl des Überdrusses gebildet. Zum Beispiel ärgerte ich mich, daß ich immer noch seine öden Geburtstagsfeste besuchte. Jedesmal beschloß ich, beim nächsten Mal zu fehlen, aber dann vergaß ich meinen eigenen Entschluß und ging doch wieder hin. Und dieses Jahr, als Wanda mich begleitete, hatte ich sogar so getan, als wüßte ich nicht seit langer Zeit, daß man vor Dr. Wolters' Festen öffentlich warnen müßte. Vor dem Kaufhof gab ich Wischinski Geld und sagte ihm noch einmal, was ich brauchte.

In zwanzig Minuten bin ich wieder da, sagte Wischinski und verschwand im Seiteneingang des Kaufhauses.

Ich lehnte mich gegen die Schaufensterfront, die angenehm vibrierte. Während des Wartens überlegte ich, ob ich Wischinski auch bitten sollte, meine beiden Jackenknöpfe wieder anzunähen. Wahrscheinlich würde er das können und wahrscheinlich würde er sich über eine solche Bitte nicht wundern. Allein die Sonderbarkeit des Anliegens zwischen zwei erwachsenen Männern hielt mich ab, die Bitte zu äußern. Natürlich fand ich diesen Verzicht auch wieder lächerlich, weil ich längst eingesehen hatte, daß jedes Leben im Grunde aus aneinandergereihten Sonderbarkeiten besteht. Wahrscheinlich würde ich die Jacke mit den beiden halblos sitzenden Knöpfen in Kürze einfach nicht mehr anziehen. Ich hatte noch eine zweite Jacke, die mir nicht besonders gefiel, aber ihre Knöpfe saßen fest. In diesem Ausweichen begegnete ich plötzlich meinem auch von Dr. Wolters so klar gekennzeichneten Charakter. Es war mir jetzt nicht mehr recht, daß ich der Verhöhnung des Privatdozenten schweigend zugehört hatte. Stumm betrachtete ich die Leute, die an mir vorübergingen.

Wanda und ich gingen durch die belebte Moltkestraße und bogen dann in den Platanenweg ein. Von hier aus war es nicht weit bis zur Einmündung der Dürerstraße, wo es einen Bestattungsunternehmer gab. Wandas Vater war gestorben. Sie hatte keine Lust, beziehungsweise sie fühlte sich zu schwächlich, um die Beerdigung selbst zu organisieren. An diesem Mittag mußte sie dem Bestattungsunternehmer den Totenschein des Vaters überbringen und einen Sarg auswählen. Außerdem hatte sie wieder Rükkenschmerzen. Sie blieb auf der Straße stehen und bat mich darum, sie unterhalb der Schulterblätter und im Nacken zu massieren. Es gefiel mir, Wanda leise stöhnen zu hören. Ich beobachtete zwei zwölf- bis vierzehnjährige Jungen, die einem etwa gleichaltrigen Mädchen immer wieder den Ball wegschnappten. Das Mädchen rannte zwischen den Jungen hin und her, aber es gelang ihm nicht, den Jungen den Ball wieder abzujagen. Plötzlich warf es seine Arme nach oben, lehnte sich gegen eine Litfaßsäule und begann zu weinen. Die Jungen waren davon nicht beeindruckt, im Gegenteil. Sie lachten das Mädchen aus und warfen sich den Ball zu, dicht am Rücken des Mädchens vorbei. Wanda beachtete die Kinder nicht. Nach einer Weile hörte sie auf zu stöhnen und bewegte sich wieder. Es ging, wenn auch nicht mit der ihr vertrauten Leichtigkeit. Mir fiel nicht ein, was ich hätte reden können. Ich wußte nicht einmal, ob Wanda erwartete, daß ich mit ihr das Bestattungsunternehmen aufsuchen und mit ihr einen Sarg auswählen sollte. Dicht vor der Einmündung Dürerstraße kam uns Wolfgang entgegen, genannt Efze, ein ältlicher Gitarrenspieler. Ich mochte ihn nicht, weil er immer so tat, als würden wir alle in einer phantastischen Bohème leben.

Aber jetzt war ich dankbar, daß er auf uns zukam und dabei ein paar seiner italienischen Erlebnisse erzählte. Er trug einen beigefarbenen, leicht zerknitterten Leinenanzug, dazu weiße Leinenschuhe mit braunen Kappen, ein weißes Hemd mit Schillerkragen und einen honigfarbenen Strohhut. Vermutlich wollte er ein wenig wie Nietzsche aussehen, von dem er auch gern erzählte. In Wahrheit trieb Efzes Leben langsam und zielstrebig in eine Katastrophe hinein, die nicht anzuerkennen er seine meiste Kraft brauchte. In seiner Jugend war er einmal Mitglied einer anspruchsvollen Jazzgruppe gewesen. Danach hatte er Musik studieren wollen, aber dazu hatte seine Energie dann doch nicht gereicht. So war er Amateur geblieben und spielte seit vielen Jahren abends in Kneipen oder bei privaten Festen. Er mochte dieses Herumvagabundieren schon lange nicht mehr, aber er sagte, auch jetzt wieder: Jeder sucht sich die Verhältnisse, die er dann bekämpfen kann.

Wanda lachte dünn und ein wenig abwehrend, dann gingen wir weiter. Erst kurz vor dem Eingang des Bestattungsbüros sagte sie, daß sie allein sein wollte. Nicht weit von hier wurden Möbel aus einem Haus herausgetragen und auf dem Gehweg abgestellt. Nach einer Weile kam das Mädchen vorbei, das vorhin um seinen Ball geweint hatte. Jetzt trug es den Ball zwischen beiden Händen und schien seinen Schmerz schon vergessen zu haben. Wenig später erinnerte ich mich, wie es war, als ich zum ersten Mal ausgelacht wurde. Ich war vier oder fünf Jahre alt, und der Ort der Demütigung war die Küche der Eltern. Sie hatten entdeckt, wie sie meine Hilflosigkeit und zugleich meinen Zorn herausfordern konnten, der für sie eine Art Unterhaltung geworden war. Dazu brauchten sie sich im Prinzip nur eng einander gegenüber zu stellen und sich anzufassen. Allein dieser Anblick störte mich auf. Ich drängte mich zwischen die Beinpaare der Eltern und schlug mit lächerlich kleinen Fäusten auf die Beine des Vaters ein. Schon diese Aktion rief sein Gelächter hervor. Von der Mutter hörte ich nichts. Ihre Stummheit bestärkte meine Empfindung, daß ihr von meinem Vater Gewalt angetan wurde. Diese Vorstellung steigerte sich, als Vater begann, die Mutter zu umarmen, ihren Körper an sich zu ziehen und mit vordringendem Kopf überallhin zu küssen, wo für einen Kuß ein klein wenig Platz war. Jetzt war ich überzeugt, daß die Mutter von der Kraft des Vaters überwältigt wurde. Nur ich war Zeuge dieser Gewalt, und nur ich konnte die Mutter retten. Deswegen schlug ich gegen die Beine des Vaters und versuchte, seinen Körper vom Körper der Mutter zu trennen, freilich ohne den geringsten Erfolg. Der Vater schaute über den Rand seiner Arme hinab auf dieses sonderbare Rumpelstilzchen, das sich an seinen mächtigen Knien verausgabte. Der Vater lachte jetzt haltlos. Außer meiner Hilflosigkeit zeigte ich nur noch meinen Zorn, der freilich genauso lächerlich war. Am schlimmsten war vielleicht, daß ich, zwar verheult, aber immer noch meiner Sinne mächtig, nach einiger Zeit auch das viel leisere und hellere Lachen der Mutter hörte. Ihr Lachen paßte nicht in meine Vorstellung von den Ereignissen. Ich schlug jetzt auch gegen die Beine der Mutter, ich boxte und hämmerte gegen ihren Rock und gegen ihre Schenkel, freilich nicht mehr lange, dann legte ich mich erschöpft und schreiend auf den Boden. Erst dieses Eingeständnis der Ohnmacht brachte die Mutter dazu, sich vom

Vater zu lösen, sich über mich zu beugen und mich wieder aufzurichten. Eine Weile drückte sie mein Gesicht gegen den gleichen Rock, auf den ich kurz zuvor noch eingeschlagen hatte.

Ich lehnte mich an eine Hauswand und wartete auf die Rückkehr von Wanda. Möbel und Hausrat wurden immer noch aus dem Mietshaus herausgetragen. Erst jetzt fiel mir auf, daß es weit und breit keinen Möbelwagen gab und daß es sich bei den Männern um keine Möbelpacker handelte, sondern um städtische Arbeiter. Was sich hier ereignete, war kein Umzug, sondern eine Zwangsräumung. Es gab in der Stadt immer mehr Leute, die plötzlich ohne Arbeit waren und nach einer Weile die Miete nicht mehr zahlen konnten. Jetzt waren die Mieter verschwunden, vertrieben, verstoßen oder vielleicht sogar verstorben, und die Sachen, mit denen sie gelebt hatten, verwandelten sich in diesen Minuten in Sperrmüll. Schon kamen Fremde vorbei und überlegten, ob sie dies und jenes gebrauchen konnten. Eine junge Frau fischte sich einen Staubsauger heraus und verschwand. Zwei farbige Männer begutachteten zwei Sessel, nahmen aber dann doch ein Klappbett mit. Ein Rentner entschied sich für eine Stehlampe; danach zog er zwischen einem Laufstall und einer Kommode einen Wäscheständer hervor. Ich wunderte mich, daß sich die Unglücksplünderer offenbar nicht genierten. Kurz danach näherte ich mich dem Müllberg und entdeckte ein Fotoalbum. Ich schlug es auf und betrachtete Fotos von Männern, Frauen, Alten und Kindern. Unter einigen Fotos gab es humoristisch gemeinte Kommentare zu lesen. Ich las: ›Herbert und seine erste Flamme‹, und ich betrachtete einen Mann, der mit lachhaft übertriebenen Blicken ein

Mädchen mit Zöpfen betrachtete. In diesen Sekunden verließ Wanda das Bestattungsbüro. Mit geöffnetem Fotoalbum ging ich auf sie zu, umarmte und küßte sie. Ich wartete, ob sie etwas sagen würde, und als sie schwieg, las ich ihr Bildunterschriften aus dem Fotoalbum vor: ›Tante Elli hat es geschafft‹, ›Endlich: Die Wöhlers am Gardasee‹ und ›Unsere kleine Mohrrübe fühlt sich wohl‹.

Ich wundere mich immer wieder, sagte Wanda an dieser Stelle, mit welcher Lust du dich in fremde Dinge einpfühlst. Ähh, einfühlst meine ich natürlich.

Wir lachten, und ich schlug das Fotoalbum zu. Ich hatte Lust, eine Weile mit dem Wort Einpfühlung herumzuspielen, aber ich hatte keinen passenden Einfall. Statt dessen erzählte ich Wanda vom schönsten Versprecher meines Lebens.

Das ist schon fast zwanzig Jahre her, sagte ich. Damals liebte ich eine Frau, die in einem Haus in einem Hinterhof lebte. Wenn ich sie besuchte, mußte ich jedesmal durch die breite Hauseinfahrt des Vorderhauses hindurch. Einmal erzählte ich Arbeitskollegen von meiner Freundin, und als ich den Weg zu ihr beschrieb, sagte ich anstelle von breiter Hauseinfahrt doch glatt heiße Brauteinfahrt.

Wanda lachte. Hat deine Freundin den Versprecher mitgehört?

Zum Glück nicht, sagte ich.

Sie hätte nicht darüber lachen können?

Nein, sie war sehr ernst, und zwar fast jeden Tag.

Ach Gott, machte Wanda.

Von diesem Augenblick an gingen wir, ohne Verabredung und doch verabredet, geradewegs zu ihr. Wandas Zimmer war kleiner, als ich erwartet hatte. Auf dem Bett rechts lag eine helle Wolldecke. An der hinteren Längswand zogen sich niedrige Bücherregale hin, ein kleiner Tisch und zwei Sessel standen davor. In der Nähe des Fensters erhob sich eine schwere Kommode, vielleicht ein Erbstück. Wanda schob die dunklen Übergardinen ein Stück gegeneinander. Ich fragte mich, ob Wanda in diesen Momenten trauerte oder nicht, da blieb sie vor mir stehen und küßte mich. Auf der Längswand hatte sich ein Tapetenriß gebildet, den ich mir viel zu lange anschaute. Es war eine treppenartig auseinandergezogene und langsam aufsteigende Linie, die erst in der Zimmerecke endete. An einigen Stellen hatte sich die Tapete unterhalb des Risses leicht gewellt. Natürlich sah ich in dem Tapetenriß sofort ein Symbol für das Mißlingen alles dessen, was sich hier vielleicht ereignen sollte. Einige Sekunden lang dachte ich an Edda und war flüchtig überzeugt, daß ich sofort nach Hause gehen sollte. Ich sah immer noch auf den Tapetenriß und ärgerte mich, daß ich mich von einer aufgepumpten Assoziation so einschüchtern ließ. Ich schwitzte unter dem Uhrarmband. Als ich sah, daß Wanda die Wolldecke von ihrem Bett herunterzog und ihre schwarze Bluse ablegte, interessierte mich der Tapetenriß endlich nicht mehr. Unweit von Wandas Wohnung wurde eine Straße ausgebessert. Das ganze Jahr über war immer irgendwo das Gedröhn von Preßlufthämmern zu hören, aber nur im Sommer hörte man es in unmittelbarer Nähe. Ich legte meine Uhr ab, dann mein Hemd, und betrachtete Wandas ausladende Körperlichkeit. Sie hatte große Brüste und einen starken Oberkörper. Im Augenblick konnte ich nicht entscheiden, ob ich zu lange keinen weiblichen Körper mehr gesehen oder ob ich Wanda vielleicht noch nie richtig angeschaut hatte. An der Stelle, wo sie Schmerzen hatte, schob sie sich ein Kissen unter den Rücken.

Du schläfst mit einer Behinderten, sagte sie und lachte leicht.

Du übertreibst.

Natürlich. In meinen Übertreibungen erkenne ich mich wieder. Daran mußt du dich gewöhnen.

Ihr Gesicht war reglos. Als ich ihren Busen küßte, schaute Wanda eine Spur zu angestrengt zur Seite in die Kissen. Wieder fragte ich mich, ob sie jetzt um ihren Vater trauerte oder nicht, bis ich endlich verstand, daß sich ihre Trauer darin ausdrückte, sich an das Leben zu klammern. Kurz darauf trat eine peinliche Stille zwischen uns ein, von der ich befürchtete, sie werde ihren lächerlichen Kern rasch enthüllen und jede weitere Annäherung endgültig unmöglich machen. Ich merkte, daß Wanda große Teile ihres Körpers eingecremt hatte. Ich glitt mit der Hand über ihr Hinterteil, ohne es fassen zu können, die Hand rutschte ins Leere, es war absolut lächerlich. Ich versuchte es noch einmal und scheiterte erneut, ich betrachtete verlegen meine Hand, die zweimal zugegeben hatte, daß sie hatte greifen wollen. Das Geständnis der Hand warf mich zurück und schien mich zu lähmen. Es war nicht klar, ob auch Wanda das Geständnis wahrgenommen hatte. Sie beugte sich über mich und suchte mit den Lippen mein Geschlecht. Ich war verblüfft und betrachtete die zwischen meinen Beinen hingelagerte Wanda. Ihre Augen waren geschlossen, ihre Wangen bewegten sich leicht. Kurz danach steckten wir ineinander. Wandas Augen waren jetzt einen Spalt geöffnet. Sie schauten mich an und schwammen doch weg wie zwei kleine Schiffe, das eine nach links, das andere nach rechts. In beiden Augenschiffen saß ich, ich löste mich von Wanda und kehrte gleichzeitig zu ihr zurück, eine wunderliche Vermischung von Anwesenheit und Abwesenheit, über die ich am liebsten gleich geredet hätte. Eine Viertelstunde später schnauften wir nebeneinander in die Kissen und bewegten uns kaum. Dann verließ Wanda das Bett und holte aus der Küche eine halbe Flasche Wein. Ich redete jetzt über den Tapetenriß und gestand meine lächerliche Angst, alles könnte mißlingen. Wanda goß zwei Gläser halb voll und legte sich wieder neben mich.

Vermutlich hängt es mit dem Älterwerden zusammen, sagte ich, daß manches komisch wird und man selber auch.

Das glaube ich nicht, sagte Wanda; bei uns im Büro gibt es eine Dame, die ist noch keine dreißig und doch schon so lächerlich wie weiß Gott was. Die Frau löffelt in jeder Mittagspause einen Becher Yoghurt leer, und zwar bis auf den letzten Rest. Dann trägt sie den Becher in die Toilette, spült ihn aus und trocknet ihn sogar ab. Und weil wir im Büro keinen Spezialbehälter für Verpackungsmüll haben, verstaut sie den Yoghurtbecher in ihrer Handtasche. Dort bleibt er einen halben Tag, dann nimmt sie ihn mit nach Hause. Denn sie selbst besitzt natürlich einen gelben Sack für Verpackungsmüll. Und in diesem Sack, der in ihrer Küche zwischen Eisschrank und Anrichte steht, das hat sie jedenfalls schon oft gesagt, in diesem Sack verschwindet jeden Abend ein blitzsauberer Yoghurtbecher. Der Zeitgeist hat sie still und heimlich zur Müllexpertin gemacht, und obwohl sie fast täglich dafür angegrinst wird, merkt sie nichts, im Gegenteil, sie ist dankbar für das Stückchen Sinn, das sie jeden Tag aus ihrem Yoghurtbecher herauslöffeln darf. Stell dir das einmal vor! rief Wanda und lachte hell.

Später, auf dem Heimweg, wollte ich mir aus Dankbarkeit für den geglückten Beischlaf ein Stück Torte kaufen. Vorher aber schaute ich noch das unglaublich flackernde Neonlicht in der Änderungsschneiderei Pasqualetto an, das auch tagsüber eingeschaltet war. Wie jeden Tag waren Herr und Frau Pasqualetto über ihre Nähmaschinen gebeugt. Über ihnen zuckte das Licht mehrerer halbdefekter Neonröhren. Manchmal wirkte das Licht wie ein aufkommendes oder ein verschwindendes Gewitter, aber Herr und Frau Pasqualetto arbeiteten ungerührt. Da hockten sie wieder und interessierten sich nicht für die sonderbaren Effekte des Lichts! Sie saßen hintereinander. Frau Pasqualetto schaute, wenn sie den Kopf hob, immer nur auf den gebeugten Rücken ihres Ehemannes. Ich fragte mich, wie lange Frau Pasqualetto diese, wie soll ich sagen, Lebenszurichtung aushalten würde. Aber vielleicht hielt sie gar nichts aus. Es handelte sich wieder nur um mich selbst, das heißt um eine meiner Hauptbeschäftigungen, die darin bestand, nicht ganz passende Überlegungen an die Personen und Vorfälle heranzutragen. Die Einsicht, daß es richtige Überlegungen gar nicht gab, war mir zwar möglich, aber meistens nicht befolgbar. Ich wartete darauf, daß er oder sie den Kopf heben würde und ich dann ein fahles, violettweißliches Gesicht sehen könnte, aber die Pasqualettos taten mir den Gefallen nicht. Ein bißchen unheimlich war, daß es zwischen den beiden offenbar ein Einverständnis gab, daß es überflüssig sei, sich um defekte Neonröhren zu kümmern oder sie gegen neue auszutauschen. Dieses Einverständnis mußte stark sein, denn es hielt meine fragenden Blicke an der Schaufensterscheibe ohne weiteres aus. Und diese Stärke war es, die mich die Pasqualettos wieder bewundern ließ.

Die einzige Bäckerei, an der ich auf dem Heimweg von Wanda vorüberkam, gab es erst seit einem Vierteljahr. Vorher war hier ein kleines Bräunungscenter, noch früher eine Schuhmacherei. Wischinski hatte vielleicht recht. Ich hatte mich in den letzten Jahren ohne Absicht zu einem Stadt-, wenn nicht gar zu einem Heimatkundler entwikkelt. Die Verkäuferin in der neuen Bäckerei war freundlich und fast ein wenig verlegen. Ich sagte, daß ich ein Stück Schokoladentorte wollte, und sah der Verkäuferin dabei zu, wie sie sich einen Pappdeckel für das Stück Torte zurechtlegte.

Da fragte sie mich, ob sie das Tortenstück auf den Pappdeckel legen durfte oder ob es aufgestellt bleiben mußte. Eine derartig einfühlsame Frage hatte ich in einer Bäckerei noch nie gehört. Die Frage rührte mich und machte auch mich verlegen. Ich hatte nicht einmal gewußt, daß eine solche Frage überhaupt gestellt werden konnte. Deswegen wußte ich auch keine Antwort, jedenfalls nicht so schnell. Ich gab einen ausweichenden Laut von mir, den die Verkäuferin offenbar so auslegte, daß ich vielleicht nur aus Scheu nicht sagen wollte, daß ich ein aufgestelltes Stück Torte bevorzugte. Die Wahrheit war viel komplizierter. Ich begann erst jetzt darüber nachzudenken, was ich mehr schätzte, liegende oder stehende Tortenstücke. Da ich die Frage nicht beantworten konnte, beschäftigte ich mich mit der nächst folgenden Frage, wie ich es in der Vergangenheit damit gehalten hatte. Auch diese Frage war nicht zu beantworten. Sie verlor sich im Dunkel der Unerinnerbarkeit. So schwieg ich und bewunderte die Handgriffe, die nötig sind, ein Stück Torte von einer Kuchenplatte zu lösen und es aufrecht und ohne irgendwelche Schäden und Einbußen auf einen Pappdeckel zu heben.

Der Besuch beim Finanzamt IV war problemlos. Ich nannte dem Pförtner die Steuernummer Wischinskis, woraufhin mir der Pförtner sagte, ich sollte in Zimmer 271 im zweiten Stock bei einem Herrn Wegener vorsprechen. Herr Wegener war ein junger Mann, der nur zwei oder drei Handgriffe benötigte, dann hatte er die Akte vor sich auf dem Schreibtisch liegen. Ich sagte, was mir Wischinski aufgetragen hatte.

Das wird höchste Zeit, sagte Wegener, eine Woche später, und ich hätte einen Pfändungsbeschluß schreiben müssen.

Wegener nannte mir ein anderes Zimmer im Erdgeschoß, wo ich einen Blanko-Antrag für eine Stundung erhielt. Wischinski mußte den Antrag unterschreiben und einen Vorschlag für die ratenweise Zahlung seiner Steuerschuld machen. Das war alles. Draußen, auf der Straße, überlegte ich, ob ich Wischinski das Formular gleich vorbeibringen sollte. Eine ältere verwirrte Frau kam vorbei und redete gegen die Hauswände. Die Holzmann ist nicht besser als die Schmidbauer, sagte sie, das wird ein Nachspiel geben. Ein vorüberfahrendes Auto verlor eine Radkappe. Sie rollte eine Weile neben dem Auto her, drehte dann nach rechts ab und knallte gegen eine niedrige Mauer. Die Schwestern sitzen zu Hause und sind mit Polizisten verheiratet, sagte die Verwirrte. Ich schaute ihr nach und sah, daß sie auf den Eingang des Finanzamtes zusteuerte. Ich hatte Lust, weitere Sätze von ihr zu hören und ihr deswegen sogar ins Finanzamt zu folgen. Aber natürlich wußte ich nicht, wie ich dem Pförtner gegenüber mein erneutes Erscheinen rechtfertigen sollte. Zwei Jugendliche grinsten mich an. Sie waren zwischen zehn und fünfzehn Jahre alt, und ihr Grinsen war zuerst zwiespältig, dann höhnisch und herablassend. Einen Grund für ihr Grinsen konnte ich nicht ausfindig machen. Ich sah an mir herunter und wußte nicht, was an mir ich beanstanden sollte. Ich sah nicht besonders gut aus, ich ähnelte den anderen, die auch nicht besonders gut aussahen. Dennoch genügte das Grinsen zweier Halbwüchsiger, mich von diesen anderen zu trennen. Die Trennung stieß schubweise wie ein Frösteln in mich hinein. Momentweise glaubte ich, es schneite vielleicht in mir, und ich würde heute nicht mehr aus den Schneeflocken herauskommen können. Dabei war Sommer, und ich roch das warme und ein wenig ekelhafte Gummi der Autoreifen. Prompt setzte sich meine Denkmaschine in Gang, die mir helfen sollte, die Lächerlichkeit wenigstens zu ertragen, wenn sie zu ihrer Beseitigung schon nicht taugte. Lächerlichkeit war nichts weiter als der Zeitpunkt, an dem eine Zurückweisung öffentlich einsetzte, dachte ich. Seit ich denken konnte, hatte ich immer geglaubt, daß ich irgendwo dazugehörte, und das ›irgendwo‹ waren in meiner Vorstellung die anderen, die mich nicht kannten, mich aber fraglos akzeptierten. Und doch merkte ich jetzt wieder, daß ich nur vorübergehend zu ihnen gehört hatte oder daß mein Dazugehören immer nur eingebildet war. Durch den momentweisen Vollzug der

Loslösung von den anderen brachte ich die erste Spur meines Untergangs hervor und schied dabei öffentliche Lächerlichkeit aus. Das heißt, der Ausgelachte stellte nichts Geringeres als die Zerstückelung der Welt dar. So ernst und ausweglos dachte ich in der Nähe des Finanzamts. Ich nannte die Innenstadt erneut das Lächerlichkeitsgebiet, von dem ich jetzt überzeugt war, daß ich es nie wieder betreten würde. Die verwirrte Frau verließ wieder das Finanzamt. Kurz nach ihr erschien die Figur des Pförtners im Eingang. Ich blieb in der Tür stehen und sah der Frau nach, die bereits wieder redete. Leider verstand ich ihre Sätze diesmal nicht. Ich versuchte, mich zu zerstreuen und betrachtete einen Wachmann, der neben dem Haupteingang einer Bank postiert war. Ich betrachtete seine schwarze Uniform, seinen schwarz lackierten Knüppel, seine Pistole, sein Schweigen, seine bewaffnete Stummheit. Und doch erinnerte ich mich fast unausgesetzt an das mir geltende Lachen der Jugendlichen. Plötzlich verstand ich die vielen Menschen, die sich immerzu die allerneueste Kleidung, die allerneuesten Schuhe und Taschen, die allerneuesten Brillen und die allerneuesten Autos anschaffen mußten. Auch sie fürchteten offenkundig die Selbstverfemung, die öffentliche und doch geheime Zurückweisung durch die anderen, die in einem versteckten und doch mitgeteilten Hohn nistete. Unweit von mir stolperte eine Frau und stürzte auf den Gehweg. Das heißt, es gelang der Frau, ihren Körper im Sturz ein wenig zu drehen, so daß sie mit der linken Körperseite auf dem Bürgersteig auftraf, ihren Kopf aber vor einem Aufprall bewahren konnte. Mit ein paar Schritten war ich bei ihr und half ihr auf die Beine.

Sind Sie verletzt?

Nein, vielen Dank, nein.

Ich bückte mich nach ihrer Leichtmetall-Krücke und ihrer Handtasche und reichte ihr beides.

Ich hatte vor einem halben Jahr eine Hüftoperation, ich sollte überhaupt nicht ohne Begleitung auf die Straße, aber ich habe niemanden, der jeden Tag mit mir herumgeht.

Sie säuberte sich ihre leicht verschmutzten Hände mit einem Papiertaschentuch und hängte sich die Handtasche wieder an das linke Armgelenk.

Können Sie gehen?

Ich glaube schon, das heißt ich muß, also noch einmal vielen Dank.

Mit noch kleineren Schritten setzte sie ihren Weg fort. Kurz danach durchzuckte mich ein Wohlgefühl. Ich hatte eine absolut lächerlichkeitsfreie Szene durchlebt. Ich merkte es daran, daß ich bereits nach einer anderen, ähnlichen Situation Ausschau hielt. Aber es gab weit und breit niemanden mehr, der gerade auf die Straße stürzte. Ein wenig unentschlossen ging ich durch die Taunusstraße in Richtung Hauptbahnhof. Dort würde ich in eine U-Bahn steigen und nach Hause fahren. Unterwegs malte ich mir aus, wie es wäre, wenn ich einen ganzen Tag ohne die Gefahr einer wirklichen oder eingebildeten Lächerlichkeit verbringen könnte. In Höhe der Elbestraße fiel mir eine kleine Menschenansammlung auf. Es waren zehn bis fünfzehn dunkel gekleidete Männer, die ruhig beieinander standen und halblaut miteinander redeten. Zwei oder drei von ihnen kauten an Hühnerschlegeln und sahen dabei auf den Boden. Beim Näherkommen sah ich, daß die Männer einfach bis armselig gekleidet waren. Ihre Sprache verstand ich nicht. Ein weiterer Mann verließ mit einem Brathähnchen in der Hand ein Lokal und stellte sich kauend zu den anderen. Jetzt sah ich, daß die Männer überhaupt nur des Lokals wegen hier herumstanden und aßen. Es handelte sich um eine Billigbraterei, die das halbe Huhn für 2,95 Mark verkaufte. Es waren kleine, eingeschrumpft aussehende Brathähnchen, die die Männer mit wenigen Bissen vertilgten. Ich näherte mich der Braterei, die fast bis auf den letzten Platz besetzt war. Sofort war ich beeindruckt vom stummen Ernst der essenden Männer. Sie beachteten mich nicht. Ich war ohne besondere Suche an einen weiteren lächerlichkeitsfreien Ort gelangt. Aus Sympathie mit dem Ort und den Männern reihte ich mich in die Schlange der Wartenden ein. Die meisten Männer ließen sich die Hähnchen direkt in die Hand geben und verließen damit das Lokal, um draußen auf der Straße im Stehen zu essen. Ich bat um einen Pappteller und suchte mir einen Platz in der niedrigen Eßhalle. Die beiden Jugendlichen, neben die ich mich setzte, waren von grober Fremdheit, aber sie machten mir bereitwillig Platz. Auch ihre Sprache verstand ich nicht. Ich merkte, sie waren nicht unhöflich, sie hatten nur Hunger. Für jegliche Verzierung ihres Verhaltens hatten sie zur Zeit keinen Sinn. Vermutlich kamen sie wie die anderen aus einem fernen Land und waren nur der Arbeit wegen hier. Armut war nicht lächerlich, Hunger auch nicht, Fremdheit ebenfalls nicht. Ich freute mich an der Eindeutigkeit der Bilder und aß langsam. Trotzdem war auch mein Hähnchen in weniger als zehn Minuten verschwunden. Ich warf meinen Pappteller mit den Hühnerresten in den Mülleimer und drängte mich an den wartenden Männern vorbei auf die Straße hinaus. Ich war in einer zufriedenen, fast gehobenen Stimmung und nahm mir vor, in den nächsten Tagen nach weiteren lächerlichkeitsfreien Orten Ausschau zu halten.

Am Theater stieg ich in eine U-Bahn und fuhr nach Hause. Leider hielt meine gute Stimmung nicht an. Kaum war die U-Bahn angefahren, hörte ich im hinteren Teil des Wagens einen Furz. Die U-Bahn war ziemlich leer. Ich konnte leicht feststellen, daß das Geräusch von einem älteren, vernachlässigt aussehenden Mann gekommen war, der blöde und unbekümmert umhersah. Niemand empörte sich. Offenbar war das Furzen in der U-Bahn etwas schon länger Übliches, nur ich hatte es wieder nicht bemerkt. Vor etwa drei Jahren hatte ich nur durch Zufall festgestellt, daß auch in Kinos gefurzt wurde. Danach hatte ich aufgehört, ins Kino zu gehen, was mir nicht schwergefallen war. Aber es war mir nicht möglich, künftig auch auf die Benutzung der U-Bahn zu verzichten. Ich blieb auf meiner Kunststoffbank sitzen und sah den Mann an. Vermutlich handelte es sich bei dem Geräusch um einen Ausdruck radikaler Einsamkeit und also radikaler Gewalt (oder umgekehrt), für die ich mich eigentlich interessierte. Aber ich lebte schon zu lange in der Fadenscheinigkeit der Neuheiten, um mich weiter mit dem Durchschauen von derlei Erscheinungen beschäftigen zu können. Statt dessen fing ich an, mir den Text kleiner Hinweisschilder auszudenken, die vielleicht demnächst in den U-Bahnen und Kinos angeschraubt werden müßten. DAS HERVORBRINGEN MENSCHLICHER GERÄUSCHE WÄHREND DER VORSTELLUNG IST VERBOTEN. Nein, das ging nicht. ES IST VERBOTEN, WÄHREND DER HAUPTVERKEHRSZEITEN ZU ... Das war auch unmöglich. Der Vorgang des Furzens war zwar möglich beziehungsweise schon länger heimlich erlaubt, aber das ihn bezeichnende Wort durfte nicht ausgesprochen werden. Es mußte ein Kunstwort erfunden werden. Erstklassig lief wieder die Reflexion! Mit solchen Spielchen versuchte ich, die Anwesenheit des Mannes und die Fahrt mit der U-Bahn in eine schon wieder zumutbare Angelegenheit umzudeuten, was mir auch gelang. Kurz vor meiner Haustür hatte ich fast alles vergessen.

Eine halbe Stunde später rief der Privatdozent an. Eine Weile blieb unklar, was er mitteilen oder wissen wollte. Dann brachte er das Institut für Zeitpunktforschung ins Spiel und fragte, ob es für eine Bewerbung als Leidbeobachter nicht schon zu spät sei. An seiner leisen, undeutlichen Art des Sprechens merkte ich, daß er sich vermutlich ein wenig schämte. Plötzlich sagte ich zu Dr. Wolters, er könne sich auch als Sofortanalytiker bewerben ... ja! ... und als Enttäuschungspraktiker hätte er ebenfalls noch Chancen ... natürlich! Der Privatdozent stieß ein nicht sehr rätselhaftes Ach ja! aus, schwieg dann einige Sekunden und legte auf. Nach diesem Zwischenspiel am Telefon fühlte ich mich wohler. Ich wußte nicht, woher mir die Worte Sofortanalytiker und Enttäuschungspraktiker zugeflogen waren, ich hatte sie nie zuvor gehört oder gelesen, mußte aber wenig später über sie lachen. Guter Gott! Nach meiner Einschätzung würde Dr. Wolters seine Kontakte zu mir jetzt mehr und mehr einschlafen lassen. Genaugenommen hatte ich schon lange darauf gewartet, ihn einmal so sehr zu verwirren, daß er mich endgültig nicht mehr zu seinen Gartenfesten einlud. Als moralischer Mensch kam ich nicht sofort mit der Situation einer von mir ausgelösten Verhöhnung zurecht. Ich stellte mich an das Fenster und sah einem

Hund dabei zu, wie er gegen ein Autorad pinkelte. Nie pinkelten Hunde gegen die Karosserie, nie gegen das vordere oder gegen das hintere Nummernschild, nie gegen die Rückstrahler, sondern immer gegen die Räder. Rätselhafte Tiere! Eng an den Häusern entlang lief die Malerin Susanne. Das heißt, ich wußte nicht, ob sie immer noch malte. Einmal, als es ihr sehr schlecht ging, hatte sie eine Arbeit als Korrektur-Leserin in einem Telefonbuch-Verlag angenommen. Seither war sie von dieser Arbeit nicht wieder losgekommen und klagte von Zeit zu Zeit, daß sie nicht mehr zum Malen komme. Erst von Edda hatte ich zufällig erfahren, daß ihr Hauptproblem nicht der Telefonbuch-Verlag und nicht die langsam verschwindende Malerei waren, sondern ihre Wimpern. Sie hat lange weiße Wimpern wie eine Kuh, sagte Edda, die sie niemandem zeigen kann. Jetzt lief Susanne zurück in ihre Wohnung und malte wahrscheinlich auch heute nicht. An ihrer tiefschwarz eingefärbten Augenpartie konnte ich sehen, daß die Scham über ihre weißen Wimpern nach wie vor anhielt.

Gegen sechzehn Uhr kam Wischinski vorbei. Es war mir recht, denn ich brauchte ein neues Oberhemd und neues Haarshampoo. Ich übergab ihm den Stundungsantrag des Finanzamtes und erklärte ihm, was er zu tun hatte. Auch er hatte eine neue Aufgabe für mich. Er hatte gehört, daß es für Personen, die weniger als 1700 Mark im Monat verdienten, Anträge für die kostenlose Ausgabe von Arzneimitteln gab.

Kannst du bitte klären, sagte er, wo es diese Anträge gibt und ob ich berechtigt bin.

Mach ich, sagte ich.

Ich wollte mir eigentlich eine Tasse Kaffee machen, aber

Wischinski überredete mich, gleich mit ihm loszuziehen. Wir entschieden uns für ein nahes Vorstadt-Kaufhaus, und ich nannte ihm meine Hemdengröße und gab ihm Geld. Vorher aber betraten wir auf Wischinskis Wunsch die Schalterhalle der Post in der Saalburgstraße.

Schalterhallen der Post, sagte Wischinski, sind die einzigen allgemein zugänglichen Räume, in denen öffentlich und echt gestöhnt wird.

Er hatte nichts auf der Post zu tun, jedenfalls heute nicht, er wollte nur das Stöhnen der Leute hören. Heute ist ein günstiger Tag, sagte er.

Vor den Schaltern hatten sich lange Schlangen gebildet, die Ungeduld der Menschen war mit Händen zu greifen. Wir schlichen ein wenig zwischen den Wartenden umher. Da war es schon soweit! Vor dem Eilboten-Schalter stöhnte ein Herr leicht gegen die Decke. Auch vor dem Postbank-Schalter spitzte sich die Lage zu. Ältere Personen schauten sich hilfesuchend um, griffen nach ihren Brillen und konnten doch nicht die kleine Schrift über den Schaltern lesen. Jetzt! Eine nervöse Frau stöhnte ihre Unruhe spitz nach vorn gegen das beschlagene Glas des Schalters für Massensendungen. Auch der Herr vor dem Eilboten-Schalter, der seither kaum einen Meter vorangekommen war, stöhnte und rief halblaut: Die Post! Die Post!

Das öffentliche Stöhnen gefiel mir. Ich war Wischinski dankbar, daß er mich darauf aufmerksam gemacht hatte. Schon überlegte ich, an welchem Tag ich Wanda hierherführen würde. Das Stöhnen war eine Art Beschwerde, die ihr Thema nicht formulierte und es dennoch zum Ausdruck brachte. Ich setzte mich für ein paar Minuten auf eine Wartebank und hoffte auf weitere Stöhner. Wischinski lief zwischen den Postkunden umher und schien ebenfalls zu warten. Aber es blieb still. Nach einer Weile verließen wir die Schalterhalle und erledigten unsere Aufträge.

Soll ich mitgehen zur Beerdigung?

Wanda überlegte und sagte dann: Es wäre mir lieber, wenn du nächste Woche bei der Wohnungsauflösung dabeisein könntest.

Die ist für dich schlimmer als die Beerdigung?

In gewisser Weise. Es wird keine wirkliche Auflösung geben. Meine Schwester übernimmt die Wohnung unseres Vaters.

Komplett? Mit den Möbeln und allem?

Ja. Komplett.

Guter Gott.

Vorher soll ich mir aussuchen, was ich von den Sachen haben will.

Und? Was willst du haben?

Nichts.

Und warum gehst du überhaupt hin?

Weil ich vor meiner Schwester nicht zugeben möchte, daß ich nichts will. Sie soll meinen Dünkel und meine Entferntheit nicht bemerken.

Deswegen wirst du zum Schein dies und das mitnehmen?

Ja.

Und was?

Ich weiß noch nicht. Irgendeine Kleinigkeit. Eine Uhr vielleicht oder das Silberbesteck, obwohl ich auch die Uhr oder das Silberbesteck nicht haben will. Es gibt nichts in dieser Wohnung, was mir nicht peinlich ist. Du wirst die Sachen ja sehen, falls du mitgehst.

Was soll ich tun?

Nichts. Herumstehen und ein bißchen zuschauen. Du mußt auch nichts sagen. Wichtig ist nur, daß ich nicht allein bin. Und daß ich das Gefühl habe, ich werde, wenn du dabei bist, problemlos entkommen können.

Du verstehst dich nicht gut mit deiner Schwester?

Weder gut noch schlecht. Es ist eine Nullbeziehung.

Wann habt ihr euch zuletzt gesehen?

Vor zwei Jahren. Ich habe sie in ihrer winzigen Wohnung besucht. In ihrer Küche ist nicht einmal Platz für einen Tisch. Wir saßen an einem aufgeschlagenen Bügelbrett und tranken Kaffee.

Deswegen ist sie froh, daß sie die Wohnung des Vaters übernehmen kann?

Das ist das Schlimme.

Was ist daran schlimm?

Sie hat so getan, als hätte zuerst unser Vater sterben müssen, damit sie an eine andere Wohnung herankommt.

Ich verstehe.

Sie ist mir unheimlich. Sie ahmt das Leben unserer Eltern fast millimetergenau nach.

Gibt es eine Eigenschaft, die du nicht ausstehen kannst an ihr?

Es geht nicht um Eigenschaften. Die hat sie gar nicht. Es geht, wie soll ich sagen, um die Art, um den Habitus. Ich werde die Wohnung betreten, ich werde meine Schwester darin sehen, und ich werde denken: Da sitzt unsere tote Mutter. Sie sagt sogar ihre dummen Sprüche, von denen sie früher einmal gewußt hat, daß es dumme Sprüche sind.

Was zum Beispiel?

Besser jung und gesund als arm und krank. Ordnung ist das halbe Leben. Solche Sachen.

Was ist sie von Beruf?

Krankengymnastin. Ich weiß jetzt schon, daß ich sie nicht mehr besuchen werde, wenn sie die Wohnung übernommen hat. Indem sie sich darin einlebt, vollendet sie die Nachahmung der Eltern. Dann werde ich auch vor ihr fliehen müssen, genau so, wie ich einmal vor den Eltern geflohen bin.

Wann ist der Termin?

Am Mittwoch, am Spätnachmittag, wenn meine Schwester von der Arbeit kommt. Willst du mitkommen?

Ja.

Okay. Danke.

Wird deine Schwester Fragen zu meiner Person stellen?

Um Gottes willen, dazu ist sie viel zu gehemmt. Außerdem interessiert sie sich nicht für andere Menschen. Sie wird freundlich sein. Sie hält ihre Hemmungen für Höflichkeit, wie alle in unserer Familie. Hinterher wirst du sagen: Was für eine nette Frau!

Sollen wir zusammen hingehen?

Ja.

Frau Wischinski lebte in einer Zwei-Zimmer-Wohnung in einem Altbau. Die Mutter steckte in einem gemusterten Kittelkleid und sagte zu mir: Da ist ja der junge Herr!

Wischinski nahm den Kopf der Mutter in beide Hände und küßte sie theatralisch auf die Stirn. Ich konnte nicht entscheiden, ob die Wohnung gepflegt war oder nicht. Im Wohnzimmer lief ein Fernsehapparat mit einem grünstichigen Bild, den Frau Wischinski nicht abstellte. Wischinski zog seine Jacke aus und setzte sich. Der Tisch war für drei Personen gedeckt. Frau Wischinski forderte mich auf, ebenfalls Platz zu nehmen. Aus der Küche trug sie einen hohen schwarzen Topf mit Gemüsesuppe in das Zimmer herein und stellte ihn in der Mitte des Tisches ab. Wischinski erzählte von einem Arztbesuch, aber es hörte ihm niemand zu. Frau Wischinski gab ihrem Sohn ein Marmeladeglas und bat ihn, es zu öffnen. Frau Wischinski verschwand noch einmal in der Küche und kehrte mit einem runden Laib Brot zurück. Sie legte das Brot auf den Tisch und schnitt mit einem langen Messer vier oder fünf Scheiben herunter. Offenbar gab es Gemüsesuppe mit Marmeladebrot. Frau Wischinski nahm zuerst meinen Teller und füllte ihn bis zum Rand. Der Anblick des Mehlstaubs auf der Tischdecke erinnerte mich an meine Kindheit. Genau wie meine Mutter fuhr Frau Wischinski mit der Hand über die Mehlspuren, und genau wie damals ließ sich das Mehl dadurch nicht entfernen, sondern verteilte sich undeutlich auf dem Tischtuch. Die Erinnerung stimmte mich weich. Ich nahm keinen Anstoß an Wischinski, der die Suppe viel zu schnell aß. Er blies so stark auf seinen Löffel, daß ein Teil der Suppe darin nach hinten wegspritzte. Frau Wischinski nahm nichts von dem frischen Brot. Sie aß ein trockenes Brötchen zur Suppe.

Frisches Brot reizt meine Galle zu sehr, sagte sie. Meine Galle arbeitet kaum noch! Ich muß regelmäßig Tabletten nehmen, damit sie wenigstens manchmal was tut!

Wischinski lachte und sagte: Das mußt du uns nicht erzählen, Mutter.

Frau Wischinski nahm schweigend drei oder vier Löffel Gemüsesuppe, dann redete sie über eine Frau, die seit ein paar Monaten bei ihr nähen ließ.

Die Frau hat die Angewohnheit, sagte sie, manchmal etwas von mir mitzunehmen und es mir nach ein oder zwei Wochen wiederzubringen. Wischinski lachte knapp.

Ja, sagte die Mutter, letztes Mal hat sie ein Metermaß mitgehen lassen, gestern hat sie es mir wiedergebracht. Sie will die Sachen nicht stehlen, sie will sie nur eine Weile haben. Wischinski nahm sich einen zweiten Teller Suppe und machte sich ein Marmeladebrot zurecht. Einmal nahm sie einen Schnittmusterbogen vom Tisch und schob ihn in ihre Einkaufstasche. Meine Schnittmuster können Sie mir aber nicht wegnehmen, liebe Frau, sagte ich, die brauche ich zum Arbeiten! Die Frau tat, sagte Frau Wischinski, als erwache sie aus einer, wie sagt man, Wachlosigkeit oder was, und entschuldigte sich. Frau Wischinski gab auch mir einen zweiten Teller mit Gemüsesuppe. Schon kurze Zeit später nahm die Frau mein neues Brillenetui mit, was ich gar nicht sofort bemerkt hatte. Aber diesmal war sich die Frau selber krumplig geworden. Sie wartete nicht auf ihren nächsten Besuch, sondern steckte mein Brillenetui in meinen Briefkastenschlitz. Aber mein neues Etui ist aus hartem Plastik und paßt nicht ganz in den Schlitz! Es ragte eine Hälfte des Etuis aus dem Schlitz auf die Straße hinaus, und dort habe ich das Etui auch wiederentdeckt! Was unser Herrgott alles in seinem Garten gedeihen läßt!

Frau Wischinski sah mich an, und ich überlegte, ob ihr letzter Satz einen großen Gedanken ausdrückte oder im Gegenteil den Verzicht auf alle Gedanken. Durch ihre Erzählung hatte sich eine ruhige, fast familiäre Stimmung im

Wohnzimmer ausgebreitet. Wischinski lehnte sich wohlig zurück und kratzte sich am Hinterkopf.

Willst du noch ein Marmeladebrot? fragte ihn die Mutter und machte ihm schon eines zurecht. Ich schob meinen Teller zurück und bedankte mich.

Dann wollen wir uns mal an die Arbeit machen, sagte Frau Wischinski. Ich zog meine Jacke aus und gab sie ihr.

Ihre Jacke ist aus dickem Kunststoff, das habe ich vorhin schon gesehen, sagte Frau Wischinski, aber wir kriegen das schon hin.

Wischinski ging auf die Toilette, seine Mutter nahm ihr Nähzeug, suchte eine starke Nadel und begann, die beiden losen Knöpfe an meiner Jacke wieder fest anzunähen.

Wischinski kam von der Toilette zurück, seine Mutter sagte zu ihm: Ich habe dieser Tage bemerkt, daß ich im Schrank eine Menge alter Tischdecken habe, die ich nicht mehr brauche, willst du nicht zwei oder drei mitnehmen?

Wischinski sagte: Ja, nehm ich mit.

Und tatsächlich, nach etwa zehn Minuten, als sie die beiden Knöpfe angenäht hatte, verschwand die Mutter kurz im Nebenzimmer und kehrte mit drei steifgebügelten, akkurat zusammengelegten Tischdecken zurück. Wischinski klemmte sie sich unter den linken Arm, ich streifte meine Jacke über und bedankte mich noch einmal. Zum Scherz zoppelte Frau Wischinski zweimal kurz an den festgenähten Knöpfen. Das grünliche Licht des Fernsehapparats flakkerte ohne Unterlaß in das Wohnzimmer. Frau Wischinski begleitete uns zur Wohnungstür. Sie streckte ihren Kußmund in die Höhe, Wischinski beugte seinen Kopf zu ihr herunter, Frau Wischinski küßte ihren Sohn. Im Treppenhaus rief sie ihm nach: Mach keine dummen Sachen.

Die Gegend, in der Frau Wischinski wohnte, war so öde, daß ich auf Einzelbeobachtungen beinahe verzichtete. Nein, das stimmte so nicht. Gerade von den stillgelegten Dingen ringsum, von einem kaputten Liegestuhl oder von den eingeworfenen Fensterscheiben einer kleinen Werkstatt, ging eine schwer verstehbare Besänftigung aus. Hoch über uns übergab ein Habicht im Flug einem anderen Habicht ein kleines Tier, vermutlich eine Maus. Eine kleine Müllverwehung trieb einen Plastikbecher und ein paar Prospekte vor uns her. Wischinski redete, ich hörte ihm kaum zu. Ich überlegte, ob er inzwischen mein Freund geworden war. Ein leichter Schmerz zog meinen linken Arm hinab. Mir gefiel ein weinendes Kind, das sich die Tränen mit den Fingern abwischte und sich den Finger dann an die Lippen hielt, vermutlich des Salzgeschmackes wegen. Wischinski war vergnügt und wanderte mit seinen neuen Tischdecken in Richtung Ostpark. Er wollte mit der U-Bahn zurückfahren. Ich entschied mich, zu Fuß zu gehen. Kaum zehn Minuten, nachdem wir uns verabschiedet hatten, begann es zu regnen. Ich suchte ein Café und fand eines dicht neben einer Tankstelle. Ich öffnete die Tür und erschrak. Überall gab es zuviel Lärm, zuviel Kitsch, zu viele Kranke, zuviel Plastik, zuviel Gerede, zu viele Stofftiere, zuviel schlechte Musik, zuviel schlechte Luft, zuviel schlechte Laune. Ich rannte zurück über die Straße und setzte mich in das Gehäuse einer verlassenen Straßenbahn-Haltestelle, in dem es trockene Sitzplätze gab. Es gab kaum Verkehr, der Regen wurde heftiger. Das Wasser sammelte sich in den Schienen der stillgelegten Straßenbahnlinie. Aus einem alten S-Bahn-Fahrschein faltete ich ein Papierschiffchen und setzte es in das schmale eiserne Flußbett der Schiene, die vor meinen Augen vorüberzog. Das Papierschiff kippte nicht, es floß langsam in Richtung Süden ab. Es drehte sich mehrmals um sich selbst, manchmal schien es irgendwo hängenzubleiben, aber es schwamm weiter. Nach ungefähr zehn Metern verschwand die Schiene in einer großen Pfütze. Die Bewegung des Wassers hob das Papierschiff über die Kanten der Schiene. Es trieb eine kurze Strecke quer über die Pfütze und blieb dann umgekippt liegen. Nach einer Weile ging der Regen so stark zurück, daß ich meinen Weg fortsetzen konnte.

Zwei Tage nach der Besichtigung der Wohnung ihres Vaters hatte Wanda so starke Rückenschmerzen, daß sie mich gegen Mittag anrief und um Hilfe bat. Ich fand eine Wanda vor, deren körperliche Souveränität über Nacht eingeschränkt worden war. Es gab ein paar Bewegungen, die sie ohne erhebliche Schmerzen nicht mehr ausführen konnte. Sie wollte sich hinlegen und warten, bis das Problem von selber verschwunden sein würde. Ich riet, zu einem Arzt zu gehen, und zwar sofort. Im Telefonbuch fand ich die Adresse einer Internistin in der Martin-Luther-Straße. Die Praxisgehilfin sagte, die Patientin könne sofort kommen. Noch einmal leistete Wanda Widerstand. Sie sagte, sie sei zu schmutzig für einen Arztbesuch. Ich zog sie aus, half ihr in die Badewanne und duschte sie. Die Praxis von Frau Dr. Schröder-Wertbach war zwanzig Minuten von Wandas Wohnung entfernt. Es war ein sonniger, warmer Tag. Wir gingen am Rand einer Grünanlage vorbei, die von hohen Büschen umsäumt war. Während des Gehens besserte sich

Wandas Befinden. Bestimmte Bewegungen waren ihr zwar nach wie vor unmöglich, aber sie lernte rasch, diese Bewegungen zu vermeiden. Sie wollte deswegen bereits wieder nach Hause. Ich sagte ein paar einschüchternde Sätze, dann gingen wir weiter. Wanda wollte nicht, daß ich sie in die Praxis begleitete. Wir vereinbarten, daß ich in der nahen Grünanlage eine Stunde lang auf sie warten würde. Wenn sie dann nicht zurückgekehrt sei, würde ich in der Praxis nach ihr schauen. Danach lieferte ich sie bei Frau Dr. Schröder-Wertbach ab. Ich vergewisserte mich, daß sie tatsächlich allein gehen konnte, wenn auch nur langsam.

Die Grünanlage war klein und kümmerlich. Am rechten Ende sah ich einen schmutzigen Sandkasten und eine Rutschbahn, am linken Ende einen Kiosk, der geschlossen hatte. Dazwischen eine Art Wiese von der Größe eines halben Fußballplatzes. An beiden Seiten der Wiese gab es je einen Kiesweg und ein paar Bänke. Der Himmel war rosafarben mit ein paar gelblichen Flecken darin. Links ging ein junger Mann mit Kinderwagen an mir vorbei, dann war wieder Stille. Ich setzte mich auf eine Bank und wußte nicht recht, wie ich mir die Zeit vertreiben sollte. Ich spielte mit der Zunge an meinem wackelnden Zahn und wunderte mich, wie lange das Wackeln schon anhielt, ohne sich entscheidend verschlechtert zu haben. Durch die Gewöhnung an den kleinen Schaden fühlte ich mich ein wenig verschroben und beinahe wieder lächerlich. Vermutlich war die Verschrobenheit nichts weiter als ein Zeichen der Übernähe zu mir selbst, in die ich nie hatte geraten wollen. Ohne Ergebnis überlegte ich eine Weile, wie ich diese Übernähe wieder verlieren könnte. Zwei Karnickel hoppelten aus den Gebüschen heraus. Sie überquerten die Wiese und bemerkten mich offenbar nicht. Einmal hielten sie inne und stellten ihre Ohren auf. Die Sonne schien von hinten auf ihre dünnen Ohren und machte sie für Augenblicke hellrosa und pergamenten. Da betrat eine nicht mehr junge Frau mit einem etwa zehnjährigen Jungen die Wiese. Die Karnickel erschraken und sprangen zurück in die Hecken. Die Frau trug an der rechten Hand eine Art Picknickkorb, der mit einem schönen Geschirrtuch abgedeckt war. Unter ihrem linken Arm klemmte eine Wolldecke und ein kleines Kissen. Ungefähr in der Mitte der Wiese breitete die Frau die Wolldecke aus und legte das Kissen an dessen Rand. Das Kind setzte sich auf die Decke und zog das Geschirrtuch von dem Korb herunter. Die Frau gab dem Kind ein langes Würstchen, zwei Scheiben Brot und eine kleine Flasche Mineralwasser. Für sich selbst entnahm sie dem Korb einen Plastikbehälter mit Obstsalat. Der Junge aß erheblich schneller als die Frau. Er hatte das Würstchen und das Brot rasch vertilgt und beugte sich über den Korb. Die Mutter gab ihm ein weiteres Würstchen, diesmal ohne Brot. Er aß jetzt ein wenig langsamer und schaute über die Wiese. Die Mutter hatte noch mehr als die Hälfte ihres Obstsalats. Sie sagte zwei oder drei Sätze zu ihrem Sohn, die er offenbar nicht verstand. Der Junge erhob sich, trat ein paar Meter zur Seite und pinkelte auf die Wiese. In der rechten Hand hielt er sein kleines Geschlecht, in der linken Hand den Rest des zweiten Würstchens. Im Augenblick, als er sich wieder auf die Wolldecke setzte, griff er nach dem Geschirrtuch und breitete es über dem Kopf seiner Mutter aus. Ihr Gesicht war jetzt nicht mehr zu sehen. Die Mutter regte sich nicht, das Kind betrachtete den zugehängten Kopf. Die untere Kante des Geschirrtuchs endete in Höhe ihres Halses. Die Frau stocherte mit der Gabel in ihrem Salat und schob sich ein paar Obststücke unter dem Geschirrtuch in den Mund. Jetzt lachte der Junge. Es war nicht klar, ob er über die Verhüllung der Mutter lachte oder über ihre Bereitschaft, sein Spiel mitzuspielen. Da betrat Wanda die Grünanlage. Sie ging langsam, aber ohne erkennbare Beeinträchtigung. Sie erkannte mich von weitem und kam auf mich zu.

Die Ärztin sagt, ich hätte einen Bandscheibenvorfall, sagte Wanda.

Hast du Schmerzen?

Nein, jedenfalls nicht, wenn ich vorsichtig gehe.

Wie fühlst du dich?

Ich habe etwas Angst. Ich habe eine Spritze in die linke Hüfte bekommen und muß jeden Tag ein paar Tabletten schlucken.

Und die Schmerzen?

Die können verschwinden, sie können aber auch wiederkommen; man muß warten.

Nur warten?

Ja, sagte Wanda; wenn es zu schlimm wird, kann ich mir in der Praxis ein paar Krücken leihen.

Wir verließen die Grünanlage in Richtung von Wandas Wohnung. Ein junger Mann mit zu weitem Hemdkragen kam uns entgegen. Ihm folgte eine Frau, die während des Gehens einen Brief las und dabei die Lippen bewegte.

Krücken, sagte Wanda, stell dir das vor.

Sie stützte sich auf meinen Arm. Plötzlich sahen wir aus wie ein älteres Ehepaar. Beim Gehen betrachtete ich Wandas Schuhspitzen und kam mir dabei lächerlich vor. Dabei traute ich mich nicht, mich zu vergewissern, ob Wanda mit den Tränen kämpfte oder ob ich mir das nur einbildete.

Wenn es nicht besser wird, sagte sie, kann der Zeitpunkt meiner Überforderung nicht mehr weit sein.

Wann mußt du wieder zur Ärztin?

Nur wenn es schlimmer wird.

In ihrem Zimmer sagte Wanda, daß sie allein sein wollte. Sie bat mich, einen Strumpf über das Radio zu legen, damit sie die Leuchtangabe der Zeit nicht immerzu anschauen mußte.

Soll ich etwas erledigen?

Nein, ich will schlafen, wenn es geht.

Soll ich am Abend nach dir schauen?

Ja. Vielleicht gegen sieben. Nimm den Schlüssel mit.

Ich machte mich sogleich auf den Weg zurück in die Grünanlage. Die Mutter hatte inzwischen den Obstsalat aufgegessen. Sie saß in gerader Haltung vor dem Jungen. Ich setzte mich auf eine Bank in der Nähe der beiden. Eben breitete der Junge erneut das Geschirrtuch über dem Kopf der Mutter aus. Das Kind trat ein wenig zurück, die Mutter blieb ruhig und still. Jetzt lachte der Junge und machte wieder zwei Schritte auf die Mutter zu. Er bemerkte, daß auch ich mich über seine Vorführung amüsierte. Er schaute mehrmals zu mir her und vergewisserte sich, ob mein Vergnügen wirklich ihm galt und ob es anhielt. Dadurch veränderte sich sein Spiel. Zuvor war er zufrieden damit gewesen, daß die Mutter für ihn allein unterhaltsam war. Das heißt, vorher war die Mutter eine private Mystifikation, die allein dem Mystifikateur antwortete. Erst durch die Entdeckung eines weiteren Zuschauers war die Mutter auch eine Vorführung *für andere* geworden. Plötzlich hatte ich den Wunsch, über den Jungen, die Mutter und ihr Spiel einen kleinen Essay zu schreiben. So hatte ich es gerne: Ich hielt mich absichtslos draußen auf, ich sah eine Szene und empfand überraschend den Drang nach ihrer Beschreibung, der ein Drang nach Unverlierbarkeit und späterer Bearbeitung des Unverlorenen war. Das heißt, so genau wußte ich die Gründe des Schreibens nicht. Es würde sein wie immer: Nur im Schreiben selbst steckte die Erlösung von den Deutungen des Schreibens. Ich überlegte, ob die Mutter bemerkt hatte, daß ihr Sohn sie zu einer Belustigung für einen Fremden gemacht hatte. Mich bewegte, daß er sich immer wieder zu mir umdrehte und Blickkontakt suchte. Diese immer wieder erneuerte Verbindung zwischen dem Unterhalter und seinem Zuschauer war der entscheidende Punkt für die Entstehung von Theater. Wenn die These stimmte, dann war das Publikum immer *vor* dem Theater da. Nein, die wichtigere Behauptung würde lauten müssen: Theater entsteht, wenn jemand (ein Regisseur, ein Schauspieler, ein Faxenmacher) bemerkt, daß Menschen jederzeit ihre eigenen Tätigkeiten unterbrechen oder beenden, um ihrer Vorführung zuzuschauen. Eben schob der Junge das Geschirrtuch zur Seite und sprach mit der Mutter. Vermutlich beschwichtigte er sie. Oder er fürchtete, daß sie die Lust an seinem Spiel verlieren könnte. Jetzt war das Gesicht der Mutter wieder ganz verdeckt. Das Geschirrtuch wackelte ein bißchen. Die Mutter sprach hinter dem Stoff, worüber der Junge erneut lachte. Kurz darauf schaute er wieder zu mir her und prüfte, ob ich das von ihm in die

Welt gesetzte Vergnügen weiterhin teilte. Ich wollte herausfinden, was die Verhüllung für den Jungen bedeutet hatte, bevor sie ein Theater für mich geworden war. Freilich hatte ich keine Methode, hinter dieses Geheimnis zu kommen, außer der Methode Zufall. Das heißt, ich mußte warten, bis sich irgendein neues Detail des Geschehens zeigte. Da brach das Theater des Jungen zusammen. Die Mutter entdeckte, daß sie die ganze Zeit auch einen Fremden unterhalten hatte, und zwar unter heimlicher Führung ihres Sohnes. Sie war erbost über diesen Verrat ihrer Intimität. Rasch zog sie sich das Geschirrtuch vom Kopf, frisierte sich, straffte ihre Bluse und packte die Picknicksachen zusammen. Mich sah sie dabei nicht an. Ich hatte momentweise das Verlangen, ihr die Harmlosigkeit meines Vergnügens zu erklären, aber natürlich hielt ich mich zurück. Die Mutter rollte die Wolldecke ein, nahm ihren Sohn an die Hand und verschwand. In einiger Entfernung drehte sich der Junge nach mir um. Vermutlich mochte er mich, seinen ersten und bisher einzigen Zuschauer. Ich mochte ihn auch, wagte aber nicht, ihm nachzuwinken. Noch einmal war es wie im wirklichen Theater: Nach dem Ende der Vorstellung verehrt / bewundert / vermißt der Zuschauer seinen Unterhalter. Ich wartete, bis die beiden die Grünanlage verlassen hatten. Dann erhob ich mich und machte mich auf den Weg zum Prezzoprezzo. Das Wochenende nahte, und ich hatte so gut wie nichts im Kühlschrank.

Unterwegs stellte ich mir vor, der Supermarkt sei über Nacht wie durch Zauberkraft verschwunden und statt dessen sei an seiner Stelle endlich ein schönes und großes Café entstanden, das viele Bewohner des Viertels schon lange vermißten. Zugleich freute ich mich darauf, den schlichten Flachbau in seiner ganzen Dürftigkeit wiederzusehen. Ein Grundzug meiner Lächerlichkeit bestand sicher darin, daß ich vieles, was ich lange und vehement ablehnte, irgendwann dann doch annahm. Lächerlich wurde ich durch die beiden Enthüllungen, daß mein inneres Verweigerungstheater nie gestimmt hatte, daß ich ohne dieses Verweigerungstheater aber nicht hätte leben können. Das Prezzoprezzo war keineswegs verschwunden, im Gegenteil. Frech hatte der sogenannte Marktleiter Sonnenschirme und Campingmöbel als Sonderangebote auf dem Bürgersteig aufbauen lassen und hatte die Ausdehnung des Supermarkts damit sogar erheblich erweitert. Zugleich waren direkt vor dem Eingang des Supermarkts Straßenarbeiten im Gange. Eine Teermaschine ruckelte die Straße entlang, drei Arbeiter besserten Löcher in der Straßendecke aus. Die dampfende Teermaschine gefiel mir. Jedesmal, wenn neuer Teer in einen Eimer klatschte, spürte ich eine kleine dunkle Erregung. Blaue Dämpfe stiegen aus dem schwarzen Teerkessel empor und durchdrangen die künstliche Fröhlichkeit der Campingmöbel. Da sah ich, wie die beiden Kassiererinnen Gundel und Susanne den Supermarkt durch einen Seitenausgang verließen. Sie redeten heftig miteinander und bemerkten mich wahrscheinlich nicht. Sie gingen in Richtung Konstabler Wache und lachten hell und kindisch in den Lärm der Straße. Ich blieb undeutlich in ihrer Umgebung, ihnen mal zugewandt und mal wieder nicht, mal etwas näher, mal etwas weiter entfernt, so daß sie kaum entscheiden konnten, ob ich von ihnen etwas wollte oder nicht. Sie ließen mich nicht merken, ob sie mich als Kunden wiedererkannt hatten oder nicht. Und ich konnte nicht herausfinden, ob sie mich nur ankicherten oder ob sie offen über mich lachten. Durch die Humboldtstraße ging der Privatdozent. Er hatte mich gesehen, aber er schaute nicht weiter zu mir her und grüßte mich nicht. Den Sofortanalytiker und den Enttäuschungspraktiker hatte er mir offenbar nicht verziehen. Ich unterdrückte meine Tendenz zur versöhnenden Leutseligkeit und grüßte ebenfalls nicht. In der Nähe der Konstabler Wache betraten Gundel und Susanne eine Bar und setzten sich am hinteren Ende des Raumes an einen kleinen Tisch. Mit ein paar Minuten Verzögerung erschien ich ebenfalls in der Bar und stellte mich an die Theke. Durch die verspiegelten Wände sah ich, daß Gundel einen Stapel Fotos aus ihrer Handtasche nahm, die sich Susanne gleich vor das Gesicht hielt. Der Kellner brachte den Kassiererinnen zwei Gläser Sekt. Gundel erzählte von einem Open-Air-Konzert auf der Schwäbischen Alb. Der Fehler war, sagte sie, daß wir unser Zelt direkt an der Schnellstraße aufgebaut hatten. Die halbe Nacht hat uns das Autogebrumm fertiggemacht! Es gab nur eine einzige Toilette auf dem ganzen Gelände! Stell dir das vor! Die Leute haben einfach vor ihre Zelte gepinkelt! Nie mehr gehe ich zu einem Open Air! Der Kellner stellte eine weiche Musik ein, so daß ich Gundels Sätze nicht länger verstehen konnte. Ich blieb an der Theke stehen und bestellte eine Tasse Kaffee. Da betrat ein junger Farbiger das Lokal, das heißt er kam mit lodernden Blicken hereingerannt und setzte sich an den Tisch von Gundel und Susanne. Die beiden Frauen waren verblüfft, aber sie wiesen den Farbigen nicht ab. Er nahm seinen Kaugummi aus dem Mund und zerteilte ihn in mehrere kleine Stücke. Dann holte er aus seinen Jackentaschen etwa ein halbes Dutzend Briefchen hervor und klebte sie mit den zuvor verkleinerten Kaugummistücken an die Unterseite des Tisches. Der Kellner erschien am Tisch, der Farbige bestellte einen Tequila und einen Kaffee. Aber noch ehe der Tequila und Kaffee gebracht waren, erschienen zwei Zivilpolizisten und steuerten direkt den Tisch von Gundel und Susanne an. Der Farbige sprang auf und wollte fliehen, aber die beiden Zivilpolizisten fingen ihn ab, zerrten ihm die Arme hoch und stellten ihn gegen eine Wand. Sie legten ihm Handschellen an, sie tasteten ihn von oben bis unten ab und faßten in seine Jakkentaschen. Einer von ihnen kam an den Tisch der beiden Kassiererinnen, und sie sagten ihm, daß der Farbige erst kurz zuvor in das Lokal gekommen war und sich an ihren Tisch gesetzt hatte. Nein, wir kennen ihn nicht, sagte Susanne. Dann führten die beiden Männer den Farbigen ab. Kurz darauf brachte der Kellner den Kaffee und den Tequila des verschwundenen Gastes und stellte beides auf dem Tisch der Kassiererinnen ab. Gundel lachte. Sie tastete mit der Hand die Unterseite des Tisches ab und legte alles, was sie dort ablöste, obenauf. Es waren sechs oder sieben Heroinbriefchen und zwei kleine Shitplatten. Der Fund steigerte die Laune der beiden Frauen erheblich. Sie kicherten über das Pech und die Dummheit des Farbigen. Gundel räumte die Fotos weg und untersuchte die Briefchen. Erst im Augenblick, als die beiden Frauen den Stoff unter sich aufteilten, kam mir der Gedanke, daß Gundel und Susanne vermutlich selbst dealten. Ich konnte es kaum fassen. Aber dann fiel mir ein, wie oft ich schon gehört hatte, daß Personen mit niedrigem Einkommen heutzutage zu Nebeneinkünften gezwungen waren. Wahrscheinlich hatten Gundel und Susanne zwei ebenfalls schlecht verdienende oder gar arbeitslose Männer zu Hause sitzen und ein paar teure

Kinder dazu. Gundel und Susanne verstauten die Drogen in ihren Handtaschen und tranken ihre Gläser leer. Hochgestimmt verließen sie die Bar und stiegen wenig später in der Adenauerstraße in den 30er Bus nach Bad Vilbel ein. Ich zahlte meinen Kaffee und ging. Draußen, auf dem weiten Platz der Konstabler Wache, sah ich einen rauchenden Papierkorb. Der Anblick war makellos und wunderbar. Versonnen und zärtlich stieg der graue Rauch hoch zum milchig rosafarbenen Himmel und machte sich zum Gegenbild zur Verhetztheit der Menschen ringsum. Einige von ihnen blieben schon stehen und fragten, wer den Papierkorb angezündet hatte, wie man diese Verbrecher fassen könnte und was mit ihnen geschehen sollte. Um ein Haar hätte ich mir ähnliche Gedanken gemacht. Kurz darauf war ich überzeugt, daß alle Menschen offen oder verdeckt am Projekt ihrer Lächerlichkeit arbeiteten, und das war nicht schlimm, im Gegenteil. Die Entdeckung ihrer Lächerlichkeit war die Bedingung dafür, daß man sich freiwillig zu ihnen zählen durfte. Nein, es war einfacher. Wer lebt, dachte ich, mußte sich von Zeit zu Zeit ein paar lächerliche Gedanken machen. Und einige von ihnen auch noch aussprechen. Nein, es war noch einfacher. Wer lebte, dachte ich, mußte … nein … oder … ja, es war …